都是為了貓

猫にかまけて

町田康 著

目錄

平成十二年四月～平成十四年四月（二〇〇〇年四月～二〇〇二年四月）

平 成 十 二 年 四 月 ～ 平 成 十 四 年 四 月

2000年4月～2002年4月

我家的貓兒們

我喜歡貓。

有多喜歡呢？比如，走在路上，看到停車場的車子底下有貓，我就不行了。我會當場蹲下來，用簡直是嗲聲嗲氣的嗓音，對僅僅只是路過的不認識的貓不停地說「你好可愛啊、好聰明啊」，把自己搞得狼狽不堪，說有多窩囊就有多窩囊。那也就算了，這件事還會影響到社會對我的評價。話說回來，這也是在所難免。一個臭著臉走在路上，彷彿這世上沒啥樂趣的大叔，突然雙手、雙膝著地，用白痴般的聲音說「你好可愛、好聰明啊」，想也知道，被往來的行人看見，一定會被當成怪叔叔、奇特大叔。

而且，我總是這樣跟路過的貓玩，樂此不疲，所以經常錯過在某時、某地的約會，因此失去重要的客戶，以致終年生活窮困。有時，在市場閒晃，看到比目魚，心想：

「哇，看起來好美味，今晚就用這個下酒，小酌一杯吧。」但又想到：「看，你窮成這樣。」馬上感慨地喃喃自語：「一片二百克要九百八十圓，太傷荷包了，下不了手。」最後就放棄了。類似這樣的事也經常發生，所以，也可以說都怪路過的貓太可愛，害我吃不到比目魚。

聽到我這麼說，或許有人會馬上回嗆我：「哈哈，你這個浪子，胡說些什麼啊，竟然把自己的怠惰、怠慢束之高閣，說是貓害你不能工作才這麼貧窮？別開玩笑了。你會這麼貧窮，根本不是貓或誰的過錯。明明有很多人給你工作，是你自己老說些像是貓會說的話，把工作推光了吧？比如『哎呀，最近有點睏』或『一下雨就覺得慵懶』之類的話。把這種事都怪到貓頭上，你也太過分了。再說這種話，死後會被判刑喔。」但是，事實並不是這樣。

對啦，是有一部分說對了，但是，會那麼說的人忽略了一個事實。這個事實就是，我不只為路上的貓忙碌，還要為住在我家的貓源藏、可可忙碌。

請容我說分明。我家有兩隻貓，名叫源藏、可可。說到這兩隻貓，非常奇特，如同我比一般人稍微奇特那般。為什麼我可以斷定他／她非常奇特呢？因為跟截至目前我所見過的貓相比，他們很不一樣。就只是憑這麼自我的狹隘經驗來判斷，況且，視狀況而定，有時他們也不怎麼奇特，比如，他／她的食量都大得驚人，我不能買比目魚就是因為他們的伙食費太龐大了。貓通常都是這樣，或許他們也未能免俗，那也是值得開心的事。接下來，我將透過這本書，把可可和源藏、以及與我相處過的貓兒們的行徑、交友狀況，一一記載下來，請各位讀者判斷可可、源藏究竟奇不奇特。有請各位陪伴我一段時間了。

懶人吃黑豆

慵懶，是非常不好的事。不管做什麼，都只顧眼前的安逸，慵懶怠惰，通常都會一敗塗地。所以，人一定要勤勞。過年時，會在年菜裡加入熬煮的黑豆[1]，就是祈禱今年一整年也會勤勞地工作。由此可見，人真的不勤勞不行。

相較之下，貓就不必太勤勞，甚至可以說慵懶才是貓的本質。譬如，看到很勤奮的貓，應該會很噁吧？假如有那種會俐落地舔理貓毛、俐落地擺出母雞蹲的坐姿、元旦時會吃黑豆的貓，不但詭異，也不太可愛，貓就是要像貓，保持慵懶的模樣。

不過，我想凡事也都該有個程度吧。我要說的是，住在我家的源藏這隻貓的問題。從剛才開始寫這篇稿子時，源藏就來到我的腳下，做著貓要找人玩時會做的動作，也就是背部在地板、地面上摩擦，扭來扭去的動作。但源藏連做這件事都很慵懶，省下扭來扭去的力氣，側躺在地上，用後腳踢地板，再伸出前腳的爪子卡住地板，利用這樣的力道，慢慢移動地畫圈圈，懶到不願意袒露整個肚子，用背部摩擦地板扭來扭去，那模樣就像天邪鬼[2]在練習匍匐前進。

不過呢，這是遊戲也就算了，源藏連他的本業都慵懶到極點。我這麼說，或許有人會問貓有本業嗎？放心，貓也有本業。其中之一就是睡覺，狩獵也勉強算是，就是去馬路抓麻雀或鴿子。可可做這件事很勤勞，年輕時每天會抓五、六隻麻雀或鴿子回來。年幼的源藏剛來我家時，可可會善盡年長者的義務，抓蟬回來給他，教他狩獵的基礎。源藏很感激可可的教導，會模仿可可，壓低姿勢、抬起腰來，突然拔腿衝出去，張開雙手雙腳撲向蟬，一心一意地練習。

但是，真要實踐時，源藏馬上墮落了，充分表現出他的慵懶。沒錯，源藏是把獵物抓回來了。但那不是麻雀也不是鴿子，而是串起來的雞肉丸之類的肉丸子，不知道是從哪裡撿回來的。除此之外，源藏似乎也很喜歡那種有甜甜香味的東西，會把牛奶糖或巧克力的空盒子撿回來，根本不認真工作。

但是，這樣也好，起碼他不會在家裡追著貓到處跑，我也不必救瀕死的麻雀，在治療後道歉說：「對不起，不要再被抓到嘍。」然後放走麻雀。後來，我們搬到四層樓的房子，可可和源藏就不會再抓麻雀或撿肉丸回來了。不過，源藏還是一樣慵懶。

現在他也露出「跟我玩」的表情，我在他頭上揮動繩子，若是一般勤勞的貓，頭會跟著繩子搖晃的韻律擺動，伺機攻擊繩子。源藏卻茫然地盯著一個點，完全不追逐繩子，最後乾脆躺下來，袒露肚子，雙手雙腳在半空中揮舞，要我把繩子垂到那裡。這副慵懶的模樣，簡直跟我是一個模子印出來的。我哈哈大笑，心想明年正月跟源藏一起吃黑豆吧。

1 豆的發音為MAME，與勤勞的發音一樣。
2 被踩在四大金剛腳下的小鬼。

我家的守舊派

人與貓有很多不一樣的地方。至於哪裡不一樣，不勝枚舉，所以想到什麼就說什麼吧，譬如，貓的臉上有長毛，人的臉上沒長毛。

其實，臉上有沒有長毛，與現實生活沒有任何關係。但是，從可愛的觀點來看，還是臉上有毛比較可愛。試想，貓臉如果跟人臉一樣光溜溜會怎麼樣呢？就是整張臉油亮亮，掛著小小的嘴巴、鼻子。像魚骨頭那樣緊繃豎起的鬍子，會醒目到讓人不舒服。而且，貓有盯著人臉看的癖好，如果圓睜著大眼，用似人非人的油亮亮的臉，整日默默注視著我們，只會令人作嘔，一點都不可愛。

由此可見，貓之所以可愛，就是因為臉上長了毛才可愛。那麼，人類也像貓那樣讓臉長毛，是不是也會被他人，尤其是女性說：「哇，好可愛。」特別受到青睞呢？我可以斬釘截鐵地說不會，因為我親身做過這樣的實驗。企圖讓臉上長毛的我，出門前不再像以前那樣剃鬍子、剪頭髮，任憑鬍子、頭髮留長，完全不管。

結果怎麼樣呢？就是變成一個邋遢、滿臉鬍子的大叔而已。而且，跟貓不一樣，不會整張臉長滿鬍子，有些地方不管經過多久都是光溜溜的。我沒辦法，只好把留長的頭髮、劉海垂到前面，再用燙髮的髮梢蓋住臉頰，把光溜溜的地方稍微遮住，扮成黑貓的樣子。一走出去，路過的年輕女性就「呀」地尖叫，飛也似的逃走了，我的計畫以慘敗收場。

其他還有很多不同的地方，譬如，耳朵的形狀不一樣。人類的耳朵大約在頭的中間位置，但貓是兩個三角形的耳朵長在頭頂上，可以像雷達那樣轉動，所以，不用回頭就能聽見後方的聲響和說話聲，再便利不過了。不只便利，這對三角形的耳朵，對貓的美貌也非常重要。以前，我曾經試著把可可的兩隻耳朵摺起來。向下摺成可卡獵犬的耳朵那樣，再用左手的大拇指和中指按住。我自己爆笑起來。變成光頭般的可可，露出非常古怪的表情，像個沒出息、傻乎乎的大善人。我的哈哈大笑，似乎傷到了可可的自尊，她甩甩頭從我手中溜走，跑到房間的角落，抖呀抖地甩著頭，舔自己的身體。可是，好玩的事就是好玩。我把那個模樣稱為「光頭貓」，又抱起不情願的可可，大叫著「光頭貓」「光頭貓」，摺起她的耳朵，目不轉睛地看著她，嘿嘿傻笑起來。後來喝酒喝到想睡，就睡著了，可是，因為老做這種事，生活怎麼樣都好不起來。

不過，我只顧著玩「光頭貓」都不工作，其實是有種種苦衷。在工作上，人也跟貓不一樣，有種種複雜的苦衷。可是，這麼說，彷彿貓就完全沒有什麼苦衷，過著悠閒自在的生活。其實並不是，跟臉上的毛、耳朵、屁股的尾巴不一樣，在「有種種苦衷」這方面，貓跟人沒兩樣。譬如，現在緩緩站起來的可可，一副有什麼事要做的樣子，快步往廚房走去了。她會那麼做，也是有她的苦衷，我不知道究竟是怎麼樣的苦衷，但可以輕易判斷她有非常嚴肅的苦衷，因為我試著擋住她的去路，她也絕不妥協，無論如何都要走完最初決定的路線。那也無所謂，我個人絕對給予最大的尊重。問題是，我也有我的苦衷，當這個苦衷與源藏、可可的苦衷相抵觸時，彼此都會陷入不知所措的困境，最嚴重的例子就是搬家。老實說，可可和源藏都會暴怒。

我家的貓兒們搬過幾次家呢？可可五次、源藏三次。儘管經歷過這麼多次搬家，每次還是都會暴怒。

大致上，貓這種動物都缺乏改變現實、改變現狀的意志。凡事都要維持現狀、重視現狀，非常討厭打掃、改變布置這種事。譬如假日早上，我看著因為忙了兩、三天而變得亂七八糟的房間，就會說：「哇噻，才忙了幾天就變成這樣。好，趁現在整理乾淨吧，正好今天也沒工作。」撿起散落一地的報紙、雜誌，放到該放的位置，然後把手伸向前一晚回到家就脫在地上的外套，想掛到衣架上。

幾乎可以說是每一次，可可一定會坐在那件外套上面，擺出母雞蹲的姿勢，舒舒服服地打盹。我很想說：「喂，那可是我外出的衣服耶。」可是，這麼說，硬是把可可趕走，會是什麼結果呢？

可可一定會大叫著威脅我說：

「人家正舒舒服服地打著盹，你在幹什麼啊？而且，我可是大費周章才讓掉在地上的這件外套皺得剛剛好耶。我是用前腳抓撓、然後轉圈圈、再用後腳踢踹、最後全身在

外套上摩擦，才讓外套沾滿了毛。如果你敢毫無道理地破壞我這麼辛苦建立起來的居住環境，我也有我的想法，就是發出暹邏貓特有的又粗又歇斯底里的鳴叫、大喊，讓你的神經受不了，不能工作。你聽，就是這樣叫，喵喵喵喵喵喵喵喵、喵喵喵喵喵喵喵喵喵、喵喵喵喵喵喵喵喵喵。」

沒辦法，我只好放棄打掃。想說去洗把臉吧，去了廁所，覺得腳底沙沙的，原來是放在廁所的貓砂盆裡的砂子撒出來了。可是，如前所述，我不能拿吸塵器來吸，那麼做不知道可可會對我做出什麼事來。所以，我使用不會發出噪音的方法，就是拿掃帚和畚箕來，唰唰地掃著砂子。源藏不知道從哪兒冒了出來，歪著脖子，興致勃勃地盯著掃帚前方。

我心想「不妙」，但還是繼續掃。瞬間，源藏抬起了腰，猝不及防地跳起來，跳到掃帚前端，不斷揮出又鈍又慢的拳，一拳接著一拳，把掃在一起的砂子又撒得到處都是。源藏和我之間的關係比較對等，沒有對可可那樣的顧慮。我對他大叫一聲：「喂！」他就飛快地逃走了，在稍遠的地方轉過來，又歪起脖子，用怪人看著煙火般的愉悅眼神窺視我的行動。

我心想剛剛被可可發了一頓脾氣，我才沒心情跟你玩呢。於是，我裝聾作啞，繼續掃我的地。掃完了，把掃帚收好，回來一看，哇，撒出來的砂子比剛才更多了。

這就是源藏充分發揮貓討厭改變現狀的特質，說：「真受不了他，竟然用掃帚把我好不容易撒得恰到好處的砂子掃乾淨。沒辦法，只好重頭撒起了。呃，就這樣，用前腳挖出來，再用後腳踢散。好了，恢復元來沙沙的感覺了。真是會找麻煩呢。」把廁所搞得到處是砂，然後揚長而去的結果。

他／她這麼討厭改變現狀，連椅子的位置稍微變動都會暴怒，對這樣的他／她來說，搬家這種事確實是暴行、是愚蠢的行為。然而，即便是我這樣的人，多少也有我的苦衷，儘管對不起源藏、可可，過去我還是做過搬家這種事。可是，被責罵、被搞得到處都是砂子，還是覺得很悲哀。為了安撫他們，我可是費盡了種種心思呢……

源藏的想法

他／她就是這麼不喜歡改變現狀，因此搬家是天大的事。特別喜歡這種愚蠢行為、暴行的人，在他／她的眼中是什麼模樣呢？肯定就是做徵稅這種莫名其妙的事的上級官員在我們眼中的模樣。以貧困為主要原因經常欠稅的我，非常能理解他／她的心情。

理解是理解，但搬家是很久以前就決定了，總不能現在打住。但是，貓兒們很可憐。所以，我把花掉搬家費後所剩無幾的錢都掏出來，買了一樣東西給源藏和可可。那就是被稱為貓窩或貓屋的貓用籃。

我帶著自己買的藤製貓窩回家時，一路上呵呵或嘻嘻地暗自竊笑。因為我心想，狀似雪窯洞的大小兩個貓窩，是貓會很喜歡鑽進去的形狀，源藏和可可鑽進各自的貓窩，可以穩定精神，而且，他們兩人鑽進貓窩，時而露出頭、時而露出尾巴，鑽來鑽

去的模樣，一定是既祥和又可愛。然而，這不過是我的美夢而已，我太不了解源藏真正的性情了。

話說，源藏向來對前輩級的可可有所顧忌，尤其在用餐時特別明顯。可是，我家並非監獄。倘若前輩可可揩新人源藏的油，害源藏挨餓，那就太可憐了。所以，我準備了兩個碗分裝他們的飯，讓他們兩人可以相親相愛地並排一起吃飯。沒想到源藏那小子，前一刻還玩得開開心心，下一刻看到飯準備好了，就會突然變得怪裡怪氣。他會卑屈地彎起雙手雙腳，擺低姿勢，讓腹部在地板上摩擦，慢慢往前走，走三步就回過頭來察言觀色。可是，我和可可都沒有迫害他的意思。我說：「不必客氣，儘管吃。」可可說：「想吃就吃啊。」逕自把鼻子塞進自己的碗裡，毫不關心。源藏卻還是卑屈地嘿嘿笑著，那個表情好像在說：「不，我區區源藏，怎麼好意思跟可可大姊一起吃飯呢？何況，我那麼做的話會被殺了。」依然擺低姿勢，抽動著鼻子。我問他：「會被誰殺了？」他就說：「沒啦沒啦，沒那種事啦。」回我莫名其妙的話，還是嘿嘿笑著。可是，肚子餓就是肚子餓，當可可吃完，懶得理他的我從碗附近離開時，他就趁機咬起剩下的食物，跑到房間的角落，急急忙忙地把偷來的東西吃掉。

他為什麼會卑屈到這種程度，我完全無法理解。但是，一到吃飯時間，他就會採取這種卑屈到不行的態度，所以我由此判斷，他要不就是在可可面前抬不起頭，要不就是有可可先來自己後到的意識。後來才知道，我這樣的想法是錯的。

源藏原本就很喜歡鑽進洞裡或箱子裡，喜歡到令人懷疑他是不是有混到狗獾的基因。宅配的紙箱就不用說了，衣櫥似乎也是個很舒服的地方，他經常用爪子抓住衣櫥的門，吃力地把門打開，在裡面睡覺。沒見到他的時候，他大概都是在衣櫥裡。裡面的衣服當然沾滿了毛，也到處都是鉤形裂痕。

這樣的源藏怎麼可能錯過我安裝好的貓窩，馬上興匆匆地鑽進去了。在裡面骨碌骨碌轉圈子，轉了好一會兒，就趴下來開始舔前腳。從頭看到尾的我嘻嘻竊笑，心想順利讓他鑽進去了呢。但是，有件事我失算了。原本是打算把大的貓窩給身體比較大的源藏，小的貓窩給身體比較小的可可。可是，源藏一溜煙鑽進去的是小的貓窩。我想源藏向來很客氣，一定是認為自己用小的就行了，大的還是要留給可可用。所以，我沒管他，就讓他那麼做。結果，這是天大的錯誤。

源藏就那樣待在裡面，全身放鬆，窺視著世間的模樣。到此為止都還好，但是，過沒多久，可可也發現貓窩了。

「啊？大叔又未經我允許，私自做了決定。不過，這啥呀？好像是很不錯的貓窩呢。雖說，大叔買來這樣的東西，就像源藏那樣馬上大搖大擺地進去，有損我的自尊，可是，看起來很舒服，就進去看看吧。」我正看著可可這麼說完就迫不及待鑽進去的模樣時，源藏就如脫兔般，不對，如脫貓般，猛然從貓窩衝出來，對著可可進去的貓窩吶喊，裡面也響起了嘎喵喵、吼喵喵、嘶喵喵、嗚喵喵的聲音。沒多久，可可就帶著再也不相信世上所有一切的表情衝出來，瞳孔放大到極限。

我生氣地怒吼：「源藏！你怎麼可以這樣對待可可大姊！」

然後抱起不停揮著手、表情怪異、以不可能的姿勢舔著背部的毛，藉此壓抑內心動盪的可可，用肉麻的聲音安撫她說：「對不起耶，小可，對不起耶。」然而，可可的表情依然充滿不信任和疑惑。我又對著源藏怒吼：「不能無緣無故使用暴力！」可是，吃

飯時那麼卑屈的源藏，不知道為什麼，只把頭從貓窩伸出來，嘴角揚起大無畏的笑容，用變態、爛醉般的眼神注視著我，那模樣就像極端自私自利的人。

我不知如何是好，只能把可可放進源藏最初進入的小貓窩，溫柔地對她說：「小可，不要管那個蠢蛋，妳待在這裡面吧。」可可的心情也漸漸好起來，平靜下來了。於是，我先說聲：「那麼，我也累了，去休息一下嘍。」就站起來走開了。才走了兩三步，背後就響起嘎喵喵、吼喵喵、嘶喵喵、嗚喵喵的聲音。我驚訝地轉過身去，看到源藏又攻擊可可了。

吃飯時那麼卑屈的源藏，對吃飯之外的所有事物，尤其是權利，都想主張是我的、是我的，是那種非常自我的性格。

可可已經是老人了。身為老人的可可，被年輕力壯的源藏狠打一頓，就宣示：「到了這個年紀，不會想花那麼大的力氣進入貓窩了。」從此對貓窩瞧也不瞧一眼。那麼，源藏是不是很常使用這個不惜動武也要占為己有的貓窩呢？他說：「看到可可在那裡面，我就一把火上來，忍不住要說是我的、是我的。可是，可可不要了，我就不怎麼想進去了。」還是硬擠進衣櫥或帽子裡，呼呼大睡。我拿他沒轍，就把貓窩戴在頭上，跳了一下子舞。

名字不如飯

至生、文樂（落語家[3]）經常被拿來做比較，是因為他們兩人在同一個領域，論資質、論特徵都是完全相反的競爭對手。第六代的菊五郎與第一代的吉右衛門（歌舞伎演員）也是，其他還有大山與升田（將棋名人）、信長與家康、項羽與劉邦。

根據這種比較方式，貓和狗在動物界或者該說是寵物界，真的是很強的對手。人人都被分成犬派、貓派，在學校、職場、酒吧、餐廳等地方，舉出各自的優、缺點，每天展開激烈的爭辯。

然而，這是永遠不會有結果的辯論，因為犬派列舉的貓的缺點，對貓派來說是優點，而貓派數落的狗的缺點，對犬派來說就是狗值得愛的特質。

譬如，叫「過來、過來」時，叫的是狗，那麼，狗就會說：「汪汪？叫我嗎？在叫我嗎？呵呵，好開心，主人在叫我呢。就在我汪汪汪回應的同時，哈哈，已經不由自主地跑了起來呢。」然後攤開雙手雙腳飛撲過來，不停地舔主人的臉。貓派對這種不懂得矜持的行為，厭惡至極，認為不像樣、不舒服、噁心，表示不屑。

同樣，對貓叫「過來、過來」，貓就會說：「啊？在叫我呢。是人類吧，人類在叫我。哈，超級無聊。反正我去了，那個人也只會說好乖啊，撫摸我的喉嚨。對啦，那樣是很舒服，並不是什麼壞事，所以去一下也可以啦。可是，該怎麼說呢，如果被叫，就一副等不及的樣子馬上跑過去，會被瞧不起，也跟我的自尊相抵觸。該怎麼辦呢？好，就用這一招吧。先往叫喚處相反的地方走，譬如，假裝有事走向走廊那邊。哇哈哈，真是好主意。然後再突然轉彎，盡可能裝出不在意的樣子，小碎步走過去。這樣就行了。來，摸我的喉嚨吧。」必須經過這樣的步驟才會來。看在犬派的人眼裡，那種拐彎抹角的思考、行動，是毫無意義的裝模作樣、陰險、高傲。他們會忿忿地說：「沒辦法跟那樣的傢伙往來。」

也就是兩條平行線，不管走到哪裡，兩者都不會有交集。但是，若有人問：「既然

你這麼說，那麼，你是哪一邊？」答案是我自己也不太清楚。

這麼說，會從各方面湧現明智的聲音說：「你在說什麼啊，你當然是貓派啊，敢耍我，就殺了你。喂，把你埋了喔，喂，喂！」其實不是那樣。對啦，誠如大家所說，我這樣毫不厭倦地寫著貓的故事，應該是很喜歡貓。可是，不能斬釘截鐵地說：「我是貓派啦，王八蛋！」也是事實，原因無他，就是源藏的存在。

源藏的確是貓，可是，他的行動有很多地方看起來都不像貓，有時我甚至會懷疑他是不是跟狗的混血。

才這麼想，就看到源藏蹲坐在我正在寫這篇文章的書桌前方的餐桌下面。他歪著頭，露出很希望我跟他玩的眼神。我試著叫：「過來、過來，源藏，過來。」他果然是狗，迫不及待地直直衝過來，跳到書桌上，在鍵盤上走來走去，打出＃＄％^&*()的亂碼，再用溼潤的鼻子哼哼推我的手。完全就是狗。

開始覺得「奇怪耶」「有問題」，是他來我家七個月後。那時我們居住的那一帶，氣氛悠閒，道路交通量比起都心沒那麼大，所以我常把廚房的小窗開著，讓可和源藏可以隨意進出。源藏和可可都很開心，會衝到馬路上到處蹓躂，然後，如前面所說，撿肉丸子回來。

就在那時候的某一天。在家裡沒看到源藏，我心想：「哈、哈，八成又在外面玩了。很好、很好。反正你們又沒什麼非做不可的工作，只要玩就行了。哈哈哈，好羨慕。我跟你們相反……呃，哈哈哈，我也沒什麼非做不可的工作，真的好巧喔。源藏，我現在才知道我跟你的境遇完全一樣呢。哈哈哈，事實比小說更稀奇呢。」就在這樣東想西想中，雖然沒工作，肚子還是餓了。我想：「外出吃個午餐吧，對了，光自己吃也不好意思，再買些可可他們的貓食回來吧。」決定後，就趿著涼鞋上街了。

吧嗒吧嗒走過集合住宅的外廊，左手邊就是停車場，平時幾乎沒什麼人，卻從那個沒什麼人的地方傳來人的聲音。我扭頭看怎麼回事，就看到小女孩圍成圈圈，不停喊著「PONTA、PONTA[4]」，咯咯笑著。我心想不會吧，伸長脖子往裡面瞧，圈圈裡面果然是源藏。也就是說，源藏被一群素不相識的小女孩包圍，露出肚子，嘻嘻笑著玩得很開心。

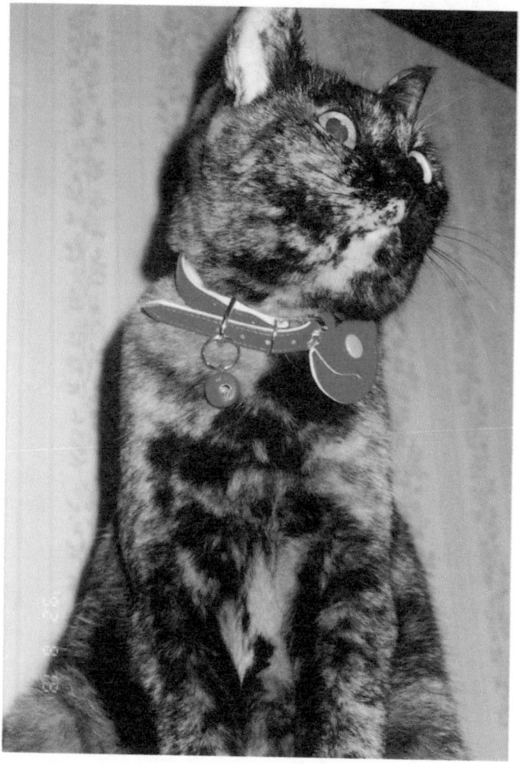

真是的，這算什麼貓啊？貓是戒心很強的動物，應該不會那麼輕易讓他人碰觸。而他呢？這副狼狽樣是怎麼回事？以人類來說，就像聲稱：「男人在外工作、活動，要面對許多敵手。」大搖大擺地出門，卻去了俱樂部，被素不相識的女人包圍，露出肚子，嘻嘻笑著玩得很開心的大叔。太難看了。

可能是源藏的肚子、腰圍很粗，讓那些素不相識的小孩子聯想到狸子把肚子當鼓砰砰敲的模樣，因此幫他取了「PONTA」這個名字，取得真好。源藏那小子也真是的，被叫得那麼開心，枉費我幫他取了源藏這麼雄偉的名字。不要說身為貓那個樣子太荒唐，即便是身為以忠誠為賣點的狗，說賣點是有點奇怪，總之，即便是身為以忠誠為特徵的狗，那個樣子都太諂媚了。「簡直是愚蠢到不行的貓啊。」我這麼呆呆想著，在車站前的餐廳吃了套餐，提著途中買的貓食和其他東西回家。打開鑰匙，推開玄關的門，就看到源藏端坐在玄關前，一臉正經，好像剛才被叫PONTA叫得嘻嘻狂笑的事從來沒發生過。大概是聽到我走過走廊的腳步聲，知道我回來了。在這方面，實在太像狗了。

源藏用直率的眼神抬頭看著我。他想說什麼，我馬上就知道了。他想要我剛買回來的貓食。

他擺出「我是忠貓耶」的樣子，端坐在玄關前。我試著叫他：「源藏。」他很快地回了一聲：「喵。」我又試著叫他：「可可。」他也回了「喵」。接著，「田中」「喵」「小不點」「喵」「吉田」「喵」，不管我怎麼叫，一心想得到貓食的源藏都會熱情地回應。我脫掉鞋子，在玄關前餵他吃飯。喵。

3 日本傳統表演藝術，表演形態類似單人相聲。

4 消費集點卡的狸子吉祥物。

源藏的猴子問題

不知道為什麼，源藏每天都會有一次瘋狂地追求人類的愛情。一發作，就拿他沒轍。他會豎起膨脹起來的尾巴，哈喵喵哈喵喵、咕嚕咕嚕、啵啵啵地叫，用頭摩擦我的手、我的腳。

這時候，他低下頭不斷頂過來的模樣，就像名叫琴錦的相撲力士，用力把頭頂在對手的胸口上。輕快地左右搖晃的脖子，也像極了賽馬在賽前走過檢閱場的樣子。

我有空的時候，會對這樣的源藏嘻嘻笑著，用手、腳撫摸他的頭，應付他、回應他。可是，不巧正在寫東西時，就沒辦法摸他的頭。

那也就算了，正想集中精神做其他事的時候，就會忍不住對他凶，經常歇斯底里地對著他大叫：「對啦，你是這樣哈喵哈喵叫就行了，我可是有很多事非做不可呢，在這

方面，你是不是可以稍微體諒我一下？」但源藏還是一樣哈喵喵、咕嚕咕嚕、啵啵啵地叫，繼續當琴錦、當賽馬。

他會與我展開對話，教導我人生的正確道路，譬如，「偶爾去玩一下嘛」「對不起，我還有工作，不能去玩。」「不要說那麼嚴肅的話，走嘛走嘛。」「不行啦，我要工作。」「沒關係啦，人光顧著工作，會沒辦法提升自我。」「嗯，可是……」「沒關係啦，不過是工作嘛，甩開甩開！」「可是，今天沒做完的話，就會陷入世俗所說的墮落。」「那也沒關係吧？」「沒關係嗎？」「沒關係、沒關係。況且，你身為人，是這樣拚命工作只賺一點點錢有趣，還是跟我去盡情狂歡比較有趣呢？」「當然是去狂歡比較有趣啊。」「嘿，對吧？弘法大師是怎麼說的？人類的生命有如風中之燭，說不定明天就死了。現在不去盡情狂歡，下次不知道要等到什麼時候呢。」「是嗎？是這樣嗎？」像他這樣可以不計代價，坦然地給我忠告，天真地玩在一起的朋友並不多，我好像要對他再好一點才行。

但是，我卻老是說他的壞話，說他像狗啦、說他像是跟狗獾的混血啦。對不起，源藏。可是，我寫這本書並沒有摻雜任何虛構情節，即便最後看起來像是在說他的壞話，那也是事實，沒辦法。不過，源藏對我說過：「不過是工作嘛，甩開不就行了？」教導我身為人的正確道路，所以，如果他有身為貓很奇怪的地方，我是不是也該像他那樣，坦然地寫出來呢？如果沒有，就寫沒有。這才是我面對源藏，唯一該採取的誠實態度吧？如果，源藏看了這篇文章，心想：「原來如此，我身為貓，這些地方很奇怪啊？那麼，今後就改掉這些地方，活出個貓樣來吧。」那也不錯。如果，他覺得要改很麻煩，還是想繼續當「犬貓」或「貓犬」，那麼，我也會鄭重地接納他。

不過呢，說了這麼一大堆，我還是要繼續寫源藏有點奇怪的地方。我對源藏產生了「他會不會是跟猴子的混血呢？」的疑惑。

話說，大部分的房子都有房間，房間的入口處通常都有門。那道門對貓來說是個問題，假如是紙拉門，就可以用爪子抓破後打開。然而，大多是有門把的那種門，要握著旋轉才能打開。貓不能握東西，所以不管有多重大的事，都進不了房間。

是有少數聰明的貓，會靠後腳站起來，挺直背脊，把手伸到門把，把門打開。但是，源藏是「犬貓」，甚至有猴子的嫌疑，不可能做得到。自尊心強烈的可可，也不可能做出那種人類般的可恥動作。這樣就麻煩了，怎麼辦呢？可可和源藏不是會非常不方便嗎？看到我這麼寫，一定會有人說：「這個人根本是貓痴，貓如果會不方便，那就不是貓啦，根本不用管這種事。」這其實是錯誤的想法。

我倒要反問：「你會說這種話，到底知不知道自己家裡若是有進不去的房間，會有多不方便？」你不知道吧？不知道吧？但我知道。以前，我家臥室的門把曾經壞掉，完全轉不動。那時真的煩死了。一定會煩死吧？因為臥室是用來睡覺的，進不去就等於不能睡覺。沒辦法，我只好在客廳睡了一晚。但是，包括客用的東西在內，所有寢具都放在臥室裡，搞得有點像在野地過夜，我裹著浴巾度過了不安的一夜。

我就是這樣，透過經驗在說這件事，所以，最好不要隨便說我是貓痴。總之，說了這麼一大堆，就是要想辦法解決貓的門的問題。然而，沒料到要解決這個問題居然這麼簡單。該怎麼做呢？就是經常把門開著。

原來如此。就這樣啊？也太簡單了吧？可是，我沒辦法放心。因為這麼做又會產生

新的問題，那就是源藏的猴子問題。

我只在這裡說喔，其實，源藏的興趣多到令人意外。他有什麼樣的興趣呢？舉幾個例子來說吧，譬如，深夜時，他會爬到紙拉門的上框或衣櫃上面，跳到正在睡覺的人的肚子上，稱為「俯衝轟炸」。坐在人正在細細閱讀的報紙上，擺出母雞蹲的姿勢，以挑戰的眼神盯著人看，名為「我擋我擋我擋」。突然張開雙手雙腳，撲向正在走路的可可，名為「過路魔」。這些都是令人難以理解而且凶狠的興趣，如果是人類，顯然就是犯罪。這樣的源藏，有個最基本的興趣，就是奔跑。這是什麼興趣？就是字面的意思，但依照步驟來解釋，就是剛開始源藏會呆呆站在房間中央，那光景再祥和不過了。然後，源藏會突然露出抓狂般的眼神，望著遠方。但是，那裡看不到任何可疑的東西。是不是出現了什麼只有源藏察覺到的異狀？我不知道。正在想怎麼回事時，源藏就突然如脫貓般往前衝，衝到房間角落就急轉彎，又全力快跑、奔馳，跑到房間的相反角落。就只是這樣的興趣。

當他在深夜這麼做時，會被他吵到受不了。即便是白天，正在計算很麻煩的數字時，他在旁邊「奔跑」，我會心浮氣躁，很想大叫「不要跑了」，實在是很擾人的興趣。在奔跑的空檔，源藏還會做出更凶猛的事。這件事成為我家的大問題，至今還沒解決，這才是真正的猴子問題。

光是那樣奔跑，只會覺得腳步聲很吵，吵到讓人沒辦法靜下心來。當然，那樣就夠煩人了。但是，在第二次改變方向後，源藏會做出更暴力的行為。那麼做好玩嗎？我完全無法理解他當時的心理狀態。就是第三次起跑，衝向走廊，在面向走廊的三個門的其中一個門的地方，猛然跳起來，跳到門框的中間位置，懸掛在那裡，用挑戰的眼神望著我。

那樣子完全像隻猴子，我孤陋寡聞，沒見過會做這種怪事的貓。我才會想，他說不定是跟猴子的混血。

源藏的這個「奔跑」「耍猴戲」，是一天至少要做三次的日課。門周圍的壁紙都被他抓破垂下來，門框也是千瘡百孔的慘狀，難看死了。我對源藏說過好幾次，希望他至少不要再「耍猴戲」了。可是源藏怎麼也不肯停止「耍猴戲」，門的周邊一天比一天殘

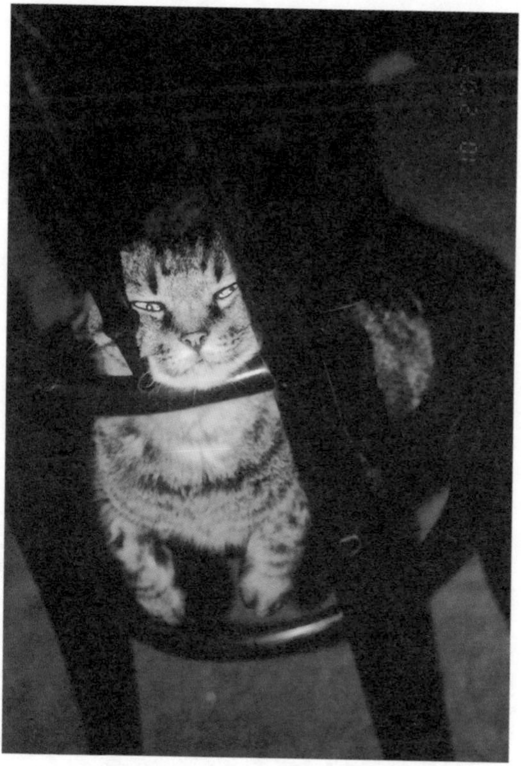

破。

但是，解決這個問題意外地簡單。怎麼解決呢？就是隨時注意把門關起來就行了。這麼一來，門的周邊就變成跟牆壁一樣平，源藏想「耍猴戲」也耍不成了。哇哈哈，就是這樣。但我開心得太早了，怎麼說呢？因為把門關上，如前面所說，貓就不能進出房間了。登愣，怎麼辦？方便貓進出，門框、壁紙就會破破爛爛；門框、壁紙不會破破爛，貓就不能進出房間。要門框還是貓？要貓還是門框？That's the question. 我從來沒跟坪內逍遙先生學過莎士比亞啊。每天煩不勝煩，叨念著傷腦筋、傷腦筋、傷腦筋。

正頭疼不已時，有了好消息，現在就把好消息告訴有同樣煩惱的你。我在雜誌上看到一個小框架的廣告，把那東西裝在門上，就可以在關著門的狀態下讓貓進出房間。哇哈哈，這東西應該稱為什麼呢？若要臨時取個名字，應該就是「簡易型貓用雙向出入小門」吧。

當然，我馬上開始填寫購買單上的必要項目。要把名字、地址、詳細數字填入又窄又小的格子裡，實在麻煩透了。原本露出好奇的表情，盯著我正在做這種麻煩事的手的源藏，突然拔腿就跑，懸掛在門框上，用挑戰的表情看著我。

「嘿嘿嘿，現在就讓你『耍猴戲』吧。但是，不要以為你的時代會永遠持續下去喔。」我在心裡這麼嘀咕，拿著單子站起來。只要把這張單子寄給登廣告的公司，等框架送來，源藏的猴子問題應該就能解決了。然而……

學習的源藏背後有不祥的黑影

我是個遊手好閒的人，打從出生以來就沒好好工作過……這麼說，好像我在耍無賴，對這種事洋洋得意。絕對不是，我對這種事打從心底感到羞恥。所以，對於從事有具體形態工作，也就是製造車子、蓋房子的人非常尊敬，同時也有自卑感。可能是這個自卑感表現在奇怪的地方，所以我有個怪癖。什麼樣的怪癖呢？就是在街上看到無線電鑽、電動起子、圓盤鋸、研磨器之類的電動工具，就會心癢難耐，非趕快買下來不可。

這當然會造成經濟上的損失，而且，圓盤鋸這種東西，有了就會想用，這是人之常情，可是，一般家庭根本沒有木材要鏘鏘鏘地切斷，我動不動就把還能用的家具、用品拿來亂切、亂破壞，所以圓盤鋸在我家聲名狼藉。但是，嘿，總算派得上用場了。我興奮地跑去儲藏室拿電動工具，把那些工具排在周邊，邊仔細地、再三地閱讀附帶的說明書，邊使用這些道具，把貓用門完美地安裝在臥室的門上了。

成果連我自己都佩服不已。透明門一推就會往兩邊敞開，我試過開關狀況後，滿意地點點頭，用肉麻的聲音叫喚源藏：「源藏、源藏、小源，過來過來過來。」通常，貓有貓的自尊，不會因為有人叫就馬上跑過來。可是，源藏是犬貓。他開心地跑過來，用充滿欲望的眼神仰頭看著我。我馬上把我早已備好的繩子從口袋拿出來，在源藏的頭上轉圈子。源藏當然是用他特有的慢動作拳擊揮打繩子。他自以為是疾如雷電的快拳，看了就好笑。就這樣，我算準源藏的興致達到最高點的時機，進入臥室，擋住想跟著我一起進臥室的源藏，很快地關上門，然後在透明小窗前揮動繩子。源藏馬上發現了繩子，又開始對著繩子揮拳再揮拳。孰料，中間有個透明的小窗，源藏的拳頭都只是枉然地推動小窗而已。他不甘心地嘟起嘴巴，繼續揮拳打小窗好一會兒後，終於發現小窗會往內開，就用頭去推，把手從推開的縫隙伸進去，又開始揮拳。我心想就差臨門一腳了，現在是關鍵時刻，趕緊搖動繩子。源藏把頭再往前擠，下一秒鐘，就用頭把透明門推開，成功進入了臥室裡。

進到臥室裡的源藏，一時不知道發生了什麼事，一臉茫然。我隨口稱讚他說：「好聰明啊。」然後，說來殘酷，又搖著繩子走到走廊，繼續搖動繩子。這回是把源藏關在臥室裡面。經過同樣的步驟，源藏又鑽到了走廊。我又在臥室搖動繩子。這樣重複兩、三次後，源藏終於知道用頭推開透明小窗就能隨意進入臥室。太好了、太好了。這樣就能關上臥室的門，保護壁紙和門框不再受到源藏的「耍猴戲」的破壞。太好了、太好了。我和源藏在微暗的走廊上抱在一起慶賀時，忽然覺得客廳有股視線。回頭一看，有個黑影。可可一直蹲坐在那裡，用批判的冷漠眼神看著我和源藏。

我心想，糟了。

可可跟我和源藏這樣的平民不一樣，是非常高傲的貓。譬如，可可很喜歡坐在我的肚子上打盹，但不是因為她喜歡我，純粹是因為我肚子的溫度非常適合打盹，她只是把我這個人類當成了溫暖的檯子。

證據是，她覺得已經很溫暖了，就會馬上從我的肚子下來，不知道跑哪兒去了。那個背影，絲毫沒有眷戀。

而且，當肚子的條件不好，譬如角度不對或穿的衣服太粗糙，睡起來不舒服，可可就會當成應有的權利受到迫害，提出抗議。翻譯成人類可以理解的內容就是：「你到底在想什麼？我正在你肚子上打盹耶。你這樣窸窸窣窣地動來動去，又穿著這麼粗糙的衣服，不就沒有意義了？你是白痴啊？你到底是為什麼而活？不就是為了讓我睡在你的肚子上嗎？你這樣窸窸窣窣動來動去，不就沒有活著的意義了？真受不了你，不知道該說什麼。太荒謬了，我才不要坐在你的肚子上呢。」可可撂下這些話，就會從我肚子下來，快步走到哪裡去。可是因為太生氣，會稍微伸出爪子，經常卡到我的衣服的布，這麼一來，可可就會更暴怒。

「爪子卡住，不就下不來了嗎？你有點責任感嘛。」說完這種話，她就轉身要走了。可是，貓的爪子是鉤狀，直直地拉根本拉不開，她的手臂就會不自然地伸展。即便如此，她還是會發出怒吼聲，硬是拖著衣服前進。這樣下去，手臂會脫臼，到時候挨罵的又是我。沒辦法，我只好替她拔開爪子，讓她從肚子下來，進入她自己專用的二十四小時通電的，溫暖的兩個貓窩的其中一個睡覺。

可可就是這麼高傲、任性，而且範圍擴及全部的日常生活。我隨時都要把皮繃緊，她的三餐也很難搞。通常，說到貓的三餐，很多家庭都是用專用的盤子餵食，我家也是這樣，但可可非常不滿意。

她實在無法理解，為什麼自己要用這種碗？而且是直接放在地上，她認為不合理。可是，可可的手軟趴趴，不能拿刀叉，因為身體結構的關係，也不能坐在桌前吃飯，所以我只好把碗放在地上。她自己也知道這些因素，所以會心不甘情不願地那樣吃。可是，不滿還是不滿，她把這個不滿轉向了三餐的內容，譬如，給她跟源藏一樣的食物，她就瞧也不瞧一眼，還會怒罵：「我為什麼要跟那個源藏吃一樣的東西？太可笑了。還不快拿其他菜來，太沒禮貌了。」

持續久了，結果就是我在碗裡把經過篩選的貓罐頭，與另外從三種乾飼料中選出來的她最喜歡的味道拌在一起，再把碗放在嚴禁源藏進入的貓用小電爐桌上，讓她一點一點慢慢吃，就這樣養成了習慣。沒有比這更麻煩的事，但不這麼做就會被罵，沒辦法。除此之外，可可對我的暴行還不勝枚舉。

小窗的斷念

譬如說，我是替雜誌寫文章，靠稿費賺取米和鹽的資金，過著非常不穩定的生活的人，可可卻很不喜歡我寫文章。

所以，我總是躲著可可偷偷寫。但是，被可可發現，就必須馬上中斷。因為可可從我寫的文章中找不到一絲絲的價值，看到我在寫文章就會提出嚴重抗議。換成人類也能理解的話，就是：「又在寫莫名其妙的白痴文章了。趕快停止那種沒意義的事，把我抱到膝上吧。話說回來，每次都要我像這樣告訴你把我放到膝上，到底要我提醒你到什麼時候？你也差不多該知道我什麼時候想坐在你的膝上了吧？那就不要老是讓我開口嘛，可不可以自己主動把膝蓋準備好等著我？你活著到底是為了什麼？不就是為了讓我坐在膝上嗎？那就用心地做好這件事嘛。你在這裡寫這種莫名其妙的稿子，沒有活著的意義啦。無聊透頂。」寫稿時，她會在我耳邊這樣碎碎念，吵死人了，害我不得不中斷寫稿，跟客戶鬧翻，又陷入貧窮。

但因此說可可是不懂文學的貓，也未必是這樣。有時會突然看到，她在書上擺出母雞蹲的坐姿。據我推測，那應該是沉浸在看完書的餘韻中，她只是不認同我寫的東西而已。

更令人困擾的是，下雨的日子。在人類當中，我算是早起的人，大約早上六點就會醒來。不過，只是醒來，還在半睡半醒的狀態下。有一次，精神恍惚地走到客廳，整個人就完全清醒了。

因為比我更早起來的可可，一看到我就暴怒、大叫。可可說：

「你到底要睡到什麼時候？開玩笑也要有個程度嘛。你看，下雨了，下得嘩啦嘩啦。你不知道我討厭下雨嗎？或者是你故意讓天空下雨？」

「沒有，我沒有故意讓天空下雨……」

「那就趕快讓雨停下來啊。」

「這、這有點問題。」

「什麼?你做不到?連這種事都做不到?你白痴啊?無能、少年白、笨蛋、傻瓜、垃圾、醜八怪、冒失鬼。」

「不用罵成這樣吧?」

「少囉唆,喵啊啊啊啊、喵啊啊啊啊、喵啊啊啊啊。」

可可瞪大眼睛、張著血盆大口叫喊。我一大早起來就說輸她,垂頭喪氣地唱著悲調的下雨歌,度過了一天。

這麼高傲的可可,當然不可能像源藏那樣,用頭去推透明小窗,進出房間。未經她允許就安裝透明小窗這件事,也有可能觸怒了她。我戰戰兢兢地縮起身子,蹲在幽暗的走廊。源藏也一樣在發抖。究竟可可會採取怎麼樣的態度呢?

果然如我猜測。我試著說:「妳看,我在這裡裝了透明小窗。呃,不嫌棄的話,可以請妳試試嗎?」弱弱地拜託她,但她只是用達摩大師在聽相聲般的眼神注視著我,沒有回應。我焦躁地說:「哎呀,總之,該怎麼說呢?妳看,這樣的小窗,老是用頭去推或許很麻煩，可是，也滿有趣的，可以當成遊戲吧？」可是，可可還是不回應，用不屑的眼神看著我的臉。我更焦躁了。

「當、當然，我不認為可可會玩那麼白痴的遊戲。其實，這東西是為源藏安裝的。哎呀，不是啦，總之，妳瞧瞧這個小窗，是不是透明的，可以看到對面呢？如果妳問我這有什麼意義，我也很難回答，因為窗戶大多是透明的吧？」我不禁脫口而出這種莫名其妙的話。

可可用更具批判性、更懷疑的眼神看著我，半晌後，只說了一句：「白痴。」就走回客廳，把我和源藏留在昏暗的走廊。我喃喃說道：「失敗了。」往源藏望去，就看到他用頭推開小窗進入臥室，在透明小窗的前面看著走廊這邊，露出得意的表情。我看著被源藏的耍猴戲破壞的牆壁、門框，露出了狼狽的表情。

對啦，只要我下定決心，忍受可可對我的謾罵，不讓可可進入臥室，就能阻止源藏的耍猴戲。但是，頭痛的是，除了臥室外，家裡還有其他的門，問題最大的是放置貓砂盆的浴室的門。這裡也是源藏中意的「耍猴戲」地點，牆壁和門框都破破爛爛，難看到

music bird
program guide
第123回芥川賞受賞
町田康を迎えて
No.20

不行。每次看到就覺得提不起勁來，好像得了什麼全身無力的病，好想整天穿著用牛皮做的浴衣，練習跳盂蘭盆會舞，但這樣會沒有飯吃，必須想辦法做點什麼。可是，若是在這裡裝框架，從可可剛才的態度來推敲，必然會暴怒：「我去個廁所為什麼非用頭去推透明小窗不可？」或許該說，不能進臥室還沒有超越經營共同生活上的忍受限度，但不能使用廁所就明顯超越了忍受限度。更何況，針對上廁所這件事，可可和源藏之間原本就有很大的疙瘩和爭執，發生過問題、麻煩。老實說，除了「耍猴戲」的問題外，這件事也讓我耿耿於懷操煩不已。考慮以上這些狀況，就不得不放棄在浴室門上安裝貓用門的念頭。我現在才了解，為了顧慮居民而不得不下令中止大型公共事業的地方公共團體的首長的苦衷。

在廁所方面，實行上有困難。這麼想的我，站起來把剩餘的框架戴在頭上，唱著「法、法、法螺貝」，練起了盂蘭盆會舞。源藏又開始奔跑，耍起了猴戲。

源藏的罪孽

前面也說過，源藏在吃飯方面，客氣到幾乎是卑屈，對那之外的事卻有非常強烈的欲望。

我有事經過房間，源藏會用頭撞我的腳，說他肚子餓了，我只好暫時放下要辦的事，弄飯給他吃。明明餓到沒辦法了，他卻還是在飯碗前百般猶疑，翻著白眼交互看著可可和我。那個表情好像在說：「我很想吃，可是不行吧？我這樣的貓不能吃吧？」

我不知道他到底在顧慮什麼，對他說：「沒關係，OK呀，快吃、快吃，今天就盡情地吃吧。」他對我怒吼一聲「喵」，就跑走了。我沒轍，就不管他。沒多久就看見他擺低姿勢，腹部在地上摩擦靠近飯碗，啣起食物就如脫兔般疾馳，跑到房間的角落，凶神惡煞般狼吞虎嚥。吃完後，就唱起了「不知人間溫情」之類的歌詞，那是《老虎假面》的片尾曲〈孤兒敘事曲〉。

如此卑屈的源藏，令人不可思議的是，對三餐之外的事有十分強烈的欲望。買貓窩等其他貓用品，我都很注意公平，給源藏和可可各買一個，源藏卻什麼都主張「是我的、是我的」。有時還動用踹踢或毆打的暴力，一定要排擠可可，把東西占為己有才肯罷休。

貓砂盆也不例外。以前，在源藏來之前，是使用有蓋子的貓砂屋。源藏來了以後，就不能使用有蓋子的貓砂屋了。原因依然是源藏的強烈欲望，他對貓砂盤的執著尤其嚇人。看到可可進入貓砂屋，他就會發出意義不明的奇怪叫聲，進入貓砂盆。我心想他進去做什麼呢？掀開蓋子一看，源藏正在毆打可可的側臉、踢可可的側腹，最後用前腳抱住可可的腹部，用後腳踢她的臉，凶暴到了極點。

在自己家裡上廁所，為什麼會碰上這種不講道理的事呢？莫名其妙。可可當然怒火中燒，不懂為什麼會被這樣無理地對待。她向我控訴，我道歉再道歉，教訓源藏：「人家在上廁所的時候，不可以對人家動粗，又踹又打，知道嗎？笨蛋！」可是，源藏的態度很差，不但不反省，還對我傲然咆哮：「你怎麼會了解我的心情！」甚至趴在貓砂上賭氣睡覺，好像在說：「這個貓砂屋是我的。」

那之後，只要沒看見他，就是在貓砂屋賭氣睡覺。而且，有蓋子的貓砂屋，出入口只有一個，萬一被源藏偷襲，就沒有地方可逃，可可說她沒有安全感，我也不可能隨時監視，只好換成沒有蓋子的平盤式貓砂盆。

但源藏還是不讓可可使用「我的」貓砂盆，我一個不注意，他就會去把正在上廁所的可可痛打一頓。每次可可都會來向我訴苦，我沒辦法，只好陪她上廁所，以防源藏又來打她。但是，因為這樣，害我不能工作，窮到要脫褲子了。源藏卻一點都不在乎，嘴上帶著笑、露出挑釁的眼神、鼻子哼哼作響，一直說著：「是我的、是我的。」

源藏的埋飯

我跟中島RAMO舉辦了一場對談。是關於貓的對談。中島兄說他有間臥室在工作室裡面，每個禮拜會在那裡住五天，他曾經跟名叫小虎的貓在那裡一起生活。

他說曾經，表示現在沒有一起生活了。我問他為什麼現在沒有一起生活，他說住在二樓的房東，非常了解貓的心理，總是趁他不在時，餵貓吃大鮪魚、比目魚，用這樣的奸計收買了小虎的心，所以小虎現在都窩在二樓，幾乎不回來他的工作室了，或許這就是命吧。

老實說，換作是源藏，假如有那樣的房東在二樓，別說是幾乎不回來，絕對是完全不回來，吃著大鮪魚、比目魚，喵喵地大聲叫個不停。如前所述，源藏在三餐方面，表現得非常卑屈。但卑屈是否等於客氣呢？並不等於，甚至是完全相反。他是想，可能的話、有機可乘的話，就趁可可和我不注意時，一個人多吃一點好吃的飯，虎視眈眈，不對，是貓視眈眈地窺視著飯碗周遭的動靜。

我這麼說，一定有人會產生這樣的誤會：「哈哈（嘲笑般的哈氣聲），原來如此。你這個愚蠢的龐克搖滾歌手，說得煞有介事，根本是沒錢，餵不飽源藏吧？源藏肚子餓，就會表現出對三餐的執著。你這個不務正業的龐克小子，根本不懂人類應有的道理、道德。」事情並不是那樣，請不要說那樣的話，何況我也盡力了。想喝清酒時，我會忍住改喝燒酒；想吃牛肉時，我會忍住改吃帶筋帶骨肉（愛犬專用），把錢省下來餵源藏和可可。請不要把我跟你們混為一談，大笨蛋。也就是說，源藏並不是肚子餓，在對我表示「飢餓」，只是跟小虎一樣，在對我說「給我更好吃的東西」。換句話說，就是奢侈，並不是我不給他飯吃。請不要說那種破壞我名譽的話。

但是，同樣是奢侈，可可和源藏的做法就不一樣。可可會把鼻子塞進我為她準備的飯碗裡，再無言地離開飯碗，直直走向我，張開血盆大口，看著我的眼睛，大叫一聲「喵啊」。翻譯出來，就是在說：「碗裡的菜太難吃了，拿去倒掉，換更好吃的菜來。」是很任性沒錯，但起碼直來直往，不會拐彎抹角，很容易懂，不會浪費彼此的時間。

至於源藏，是在三餐方面表現得多卑屈就有多拐彎抹角，做法陰險。他把鼻子塞進碗裡，覺得難吃時，會充分意識到我在看他，證據是他會邊往我這裡偷瞄，邊用手摩擦碗的四周，表示他想在地上挖個洞，把碗埋進去。這樣是在告訴我什麼呢？就是說：「這碗飯很難吃，所以我現在不吃。可是，町田兄很吝嗇，可能不會給我其他飯吃，那麼，我還是要吃這碗飯。可是，這樣放著，可可或町田兄可能會來把這碗飯吃掉，所以我要埋起來、藏起來，等一下再挖出來吃。」

多麼卑鄙的行為啊，多麼放不開的傢伙啊。每次我這麼想，源藏就會胡攪瞎搞。既然寫了，我就該告訴大家源藏是如何胡攪瞎搞，但問題是我做不到。

為什麼？我這個人討厭說謊，所以老實說，就是：「忘記了。」

對不起。我知道說聲對不起，就要大家原諒我，太天真了。可是，源藏胡攪瞎搞是每天的事，我若是把那些事都清清楚楚地記起來，就會忘記其他重要的事，所以沒辦法

4 16 '01

——記住。這麼辯解的我，正神清氣爽地寫著這篇稿子——這是謊言，其實我是打著赤膊、滿頭大汗在寫稿子。因為在這樣的大熱天，窗戶是緊緊關閉的。聽到我這麼說，各位會說什麼話，我隨便猜也猜得到，那就是問我為什麼不開冷氣？請容我緩緩道來。話說冷氣這東西，很容易就故障了。真的是心腸很壞的冷氣。既然非故障不可，就在冬天故障嘛，它卻偏偏算準在一年中最熱的夏天故障。這麼說，感覺跟源藏有點像。我在前面稍微提過，源藏擅長攀住門柱中間、擺出奇怪表情、從高處看人的「耍猴戲」，這個技能與「我擋我擋我擋我擋」並稱源藏的兩大拿手技能。源藏有個特異功能，與這個「我擋我擋我擋」有關，那就是他能看透人心。

譬如，前幾天，我在整理儲藏室。儲藏室裡亂七八糟地堆滿了各種東西，想把比較裡面的東西拿出來，必須先把前面的東西移開。通常，前面都是裝著書或雜誌的重物，所以想拿一個又輕又小的東西，也要先移開前面好幾個又重、體積又大的東西。

在又窄又暗的儲藏室做這種不科學的事，人們的心情大多不好，會不自覺地說：「啊，煩死人了，真受不了。」不知道是在說給誰聽。我也一樣說著：「啊，不過是拿一個那種東西，為什麼要這麼辛苦呢？到底是誰把東西堆得這麼不科學啊？」還歐斯底里地提高了尾音。可是，堆成那樣的是自己。如果是別人，那樣罵幾句或許心情會好一點，但既然是自己，越生氣就越只會把自己逼入絕境。我邊說著：「啊，好重。」邊抬起箱子，堆到狹窄的儲藏室僅剩的小小空間。就在抬起最重的箱子的瞬間，感覺有某種不祥的顫動，我抬著箱子扭頭一看，哇噻，源藏就坐在我要放箱子的地方，揚起嘴角，做出沙丁魚在笑的嘴形，歪頭看著我。這就是源藏的暴力技能，名為「我擋我擋我擋」。

實際上，源藏這個技能可以說是「神技」，如前所說，在我抬起東西正要放下來的瞬間、在我要從書架把書拿出來的瞬間、在我要轉身傳真時的瞬間，源藏都會在只能說是靠心電感應察覺的關鍵時刻，擺出母雞蹲的姿勢，坐在東西上面、書架上面、傳真機上面，一副早在兩個小時前就坐在那裡的樣子，露出沙丁魚在笑的從容表情看著我，短短地「喵」一聲，氣定神閒。

我在狹窄的空間，以威猛的氣勢抬起塞滿書和雜誌的箱子，在半扭轉身體的瞬間，看到源藏這張臉時，從嘴巴溢出了把「哇哈哈」「唉唉唉」「哇啊」加起來除以二的怪異聲音，同時雙臂癱軟，只好放棄把箱子放到原定的地方，改放到腳下，結果箱子一角朝下掉了下去。我的腳就在箱子掉落的地方，我短短慘叫一聲「嗚」，當場蹲了下來，好久都不能動。痛到頭腦一片空白，眼淚都流出來了。抬頭一看，源藏正歪頭看著我，我卻什麼話都說不出來，好悲哀。

人道與家庭與文學

這幾個月，源藏的心情很糟，把嘴巴鼓得像麵包一樣，滿臉不悅，老是賭氣睡覺。理由很清楚，就是我把他的「我擋我擋我擋」「cool running」（酷跑）的種種惡行，寫在文章裡公諸於世，他說嚴重損害到他的名譽，非常生氣。

我必須寫稿子。可是，源藏會生氣。該選擇文學還是家庭呢？That's the question. 我煩惱到最後，決定去散步排遣心情，就趿著涼鞋外出了。那天是平成十三年九月二日。

命中注定也是龐克搖滾歌手的我，不喜歡有陽光的馬路，所以選擇在小巷子裡蹓躂。忽然，我在壽司店前面像是車庫的地方停下了腳步。有貓，而且是大約才出生六個月的小貓。他們聚在一起，邊嬉鬧邊吃著外帶用餐盤裡滿滿的食物，可能是附近的人給的。

個個都圓圓肥肥的，看起來很健康。在家裡老是看源藏臭臉的我，看到小貓清純、可愛的模樣，心情大好，嘴角浮現微笑。這麼說，感覺很美好，其實不然，穿著邋遢便服的大叔，傻笑著站在路中間，被人看到只會覺得噁心。但是，可愛就是可愛，我還是忍不住站在那裡，呆呆看了好久。

就在這時候，又從樹叢後面走出來一隻小貓。我以為剛剛好六隻，結果全部是七隻。那也沒關係，問題是最後一隻的樣子很奇怪。他的眼睛被眼屎糊住張不開，身上的毛到處脫落，瘦到皮包骨，慘不忍睹，比他的貓兄弟姊妹們小了兩圈。可能是腰沒力氣，後腳單薄虛弱，走也走不穩。這隻淒慘的貓，直直走向了我。我蹲下來，他就把頭鑽進我的膝蓋與膝蓋之間，抬頭看著我，好像要說什麼。但是，可能是喉嚨潰爛了，幾乎說不出話來，只發出漏氣般的微弱聲音。

他這樣待了一會兒後，突然轉過身去，走向了車庫裡面。我不知道怎麼回事，往那裡望去，就看到剛才在吃飯的貓兄弟姊妹們大概吃得盡興了，開始在稍微離開餐盤的地方舔起毛來。我恍然大悟，應該是他們兄弟姊妹之間有嚴格的吃飯順序，輪完一圈後，他知道終於輪到自己了，所以慌慌張張地跑過去了。

但是，他的步伐還是一樣踉蹌。更慘的是，嘴巴周圍的傷口化膿，膿又硬化了，嘴巴沒辦法張到最大。我繞到他旁邊，看到他一心想吃，東西卻幾乎都進不了嘴巴。

他很努力在吃，卻吃不到，只好放棄，又踩著踉蹌的步伐往我這裡走來，把頭鑽進我的膝蓋間，發出幾乎聽不見的叫聲。

我忍不住抱起了小貓。感覺像抱著骨頭，只有紙張那麼輕，到處都是傷，有的地方化膿了，有的地方滲出了淋巴液。

下雨了。這一個禮拜幾乎都在下雨。這些貓兒們，原本應該是把旁邊的破屋當成了巢穴。但是，大約一個月前，破屋被推倒，改建成投幣式停車場，所以他們才跑到馬路上。麻煩的是，下雨時沒有適當的躲雨場所。而且，那些健康的貓兒弟姊妹還好，像他這麼虛弱，說不定今天晚上就會死了。

最好是把他帶回家療傷，可是，源藏最近心情不好，可可大姊又難纏，把不認識的貓帶回家，一定會被他們罵或冷嘲熱諷。

夾在文學與家庭之間，痛苦不堪而離開家的我，這回又夾在人道問題與家庭之間，痛苦不堪。

小貓的身體好燙，可能是發燒了。

我抱著小貓，瞬間思考了他的去處。

家裡有源藏和可可，帶小貓回去一定會挨罵。這麼看來，貓似乎沒有去處，但其實是有。這麼說，可能會有人認為我在賭氣亂說話。儘管不太想說這件事，但不說大家就不會了解，所以只好說了。我受不了房間雜亂，待在亂七八糟的地方，頭腦就會湧現雜念，想穿上皮衣唱〈佐渡OKESA[5]〉，沒辦法工作。所以，我會盡可能花心思把家裡整理乾淨。

但是，家裡有源藏和可可，不知道為什麼，這兩隻很討厭整齊乾淨的狀態，我開始整理房間，他們就會尖叫或「cool running」，妨礙我整理，害我很想穿著皮衣唱〈黑田節[6]〉。無法可想的我，只好另外找一間取名為「和牛庵」的工作室，因此把自己搞得窮兮兮。但是，在工作室沒人會發牢騷，我可以隨心所欲地整理房間。工作室一塵不染，對我而言，就像心靈的綠洲。只是整天都在打掃，致使工作毫無進展，也是個問題。

把小貓帶去那個地方會怎麼樣呢？我想小貓還不至於像可可或源藏那麼嚴重，不過貓天生就有不喜歡把房間整理乾淨的傾向。小貓一定會把我的工作室和牛庵搞得烏煙瘴氣，然後我就會穿著皮衣高唱〈Funiculi, Funicula〉[7]。這樣的話，我就必須去買皮衣，忙都快忙死了，好煩喔——瞬間，我這麼想。

後來仔細想想，也要小貓活得下來才有可能發生這些事。現在就想快要死掉的小貓會把房間弄亂，未免太早了。相反地，能恢復健康到那種程度，我也該替他高興，到時候說聲感恩，去買皮衣就是了。念頭一轉，我馬上把小貓帶回了和牛庵。小貓被我抱在

5 日本新潟民謠。
6 福岡縣民謠。
7 拿坡里民謠。

懷裡，可能是有了安全感，閉著眼睛動也不動。

可是，這樣抱回去很危險。因為從這裡到和牛庵，走路約十分鐘，會經過車子很多的馬路。小貓可能對環境的強烈變化、引擎聲等產生恐懼，從我手中跳出去被車輾死。可是，他的骨頭那麼細，為了不讓他跳出去而把他抱得太緊，也大有可能壓碎他的骨頭。

因此，我要帶他回和牛庵，就要先回家一趟，把貓的外出籃帶來。可是，小貓不想被雨淋溼，可能會跑去哪裡，就找不到他了。以他的狀態來看，一定熬不過今晚。那麼，該怎麼辦呢？

我想到一個辦法。可以去附近的百圓商店，隨便買個提袋，把他放進裡面帶回去。

我輕輕把小貓放到地上。小貓蹣跚地走了幾步，顯得很不安。我對小貓說我馬上回來，就在雨中疾馳，很快跑到百圓商店選了紫色的布袋，把一百圓遞給巴基斯坦人的老闆。老闆嘆了一口氣，好像在說：「才買一百啊，真沒賺頭。」

要把小貓裝進袋子裡時，小貓可能是覺得有危險，做了抵抗。但那樣的抵抗太虛弱，感覺好悲哀。我說著：「快到了、快到了。」把小貓帶去了和牛庵。

從袋子裡抱出來後，小貓在附近稍微走了幾步，又回到我的雙膝之間。我鋪上現有的布，小貓就軟綿綿地躺下來了。

首先需要布、食物、裝食物的碗，這些可以回家拿。總之，我先煮熱水，放進威士忌的空瓶裡，用布纏起來，放在小貓旁邊。小貓把頭枕在上面。雨下得更大了。

再仔細看，小貓的模樣真的太慘了。

眼睛因為眼屎而潰爛，傷口發炎化膿，硬化的膿黑黑地黏在嘴巴四周。耳朵也流著膿汁，毛到處脫落，裸露出粉紅色的肉。身體瘦到幾乎沒有肌肉，好像骨頭標本，孱弱的後腳細到根本站不起來。

光那樣安靜地待著好像也很痛苦，吁吁喘著氣。可能是想起母貓的體溫，緊緊依偎著瓶子。

我看得好心痛，故意用冰冷的口吻對他說：「我去拿一下食物，馬上就回來了。」回到家，把浴巾、貓食、裝食物的碗、洗臉盆塞進紙袋裡，又馬上穿上了鞋子。

源藏看到我的樣子不對勁，露出想問我「怎麼了？幹嘛這麼慌張？」的表情，可是，我沒空告訴他詳情，只說：「對不起、對不起。」就走出了玄關。

想到我回來拿東西之間，小貓也可能斷氣，我連過馬路都走得很急。賽跑般快步回到和牛庵一看，小貓還是癱在袋子上面。我輕輕抱起他，他完全沒有抵抗，任憑我抱著。還是輕得像紙張，令人難過。我把他放到攤開的浴巾上，他就癱在那裡了。

衰弱到這種程度，恐怕飯也吃不下吧？我這麼想，但還是希望他能吃一點就吃一點，把罐頭打開放進碗裡，擺在他的鼻子前面。也不知道哪來的力氣，他抬起頭，把鼻子塞進碗裡想要吃飯。

既然有想吃飯的意志，應該就沒問題了——剎那間我這麼想，但只是剎那間而已，因為膿已經凝固，讓他沒辦法張開嘴巴。雖然他呸喳呸喳地舔，卻幾乎沒有吃進去。而且，那樣抬著頭似乎很費力，很快就放棄，躺下來了。但是，過沒多久，又抬起小孩子握拳般大小的頭，努力試著吃飯。

我模仿母貓舔小貓那樣，把面紙沾溼，擦拭他的嘴巴周邊，好像有比較好一點，但

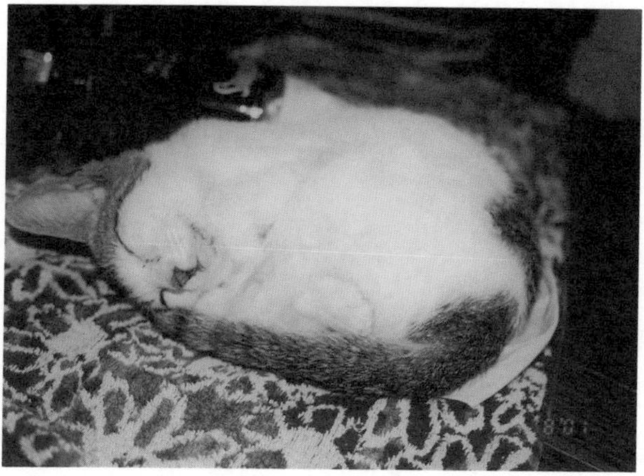

看起來還是一樣難受，他痛苦地吁吁喘著氣。

我打電話給寵物醫院，對方說禮拜天醫生不在，而且已經傍晚了，請我明天再來。為了讓小貓撐到那時候，我又用冷漠的語氣說：「我出去一下，馬上回來。」一去買了三種小貓用的牛奶、小貓用的罐頭、寵物專用溼巾、除跳蚤梳，還有我自己的食物，就是鵝肉醬和傑克丹尼爾（Jack Daniel's）。

我用溼巾幫他擦拭全身，感覺他舒服多了，又餵他喝了一點牛奶。擔心他會不會被蝨子吸血，用蚤梳一梳，讓我大感驚訝。有蝨子的糞便，卻到處都找不到蝨子。我心想怎麼會這樣呢？又繼續幫他梳，發現一隻乾巴巴的蝨子乾燥屍體卡在梳齒上。

這隻貓的血液已經沒營養到連蝨子都不想吸了，哇、哇、哇。

玻璃心的我難過到不知如何是好，邊看著熟睡的小貓，邊用湯匙舀鵝肉醬吃，喝著傑克丹尼爾，喝醉就哭了起來。外面下著雨。

取名為哈啾

結果，那天我一直守著極度虛弱的小貓。除了幫他擦拭嘴巴周邊和臉附近之外，我什麼也不能做。喝傑克丹尼爾喝到爛醉，在三更半夜時回家了。

把小貓留在那裡令人擔心，可是，沒辦法，和牛庵沒有住宿用品。

「我明天再來，你可要活到那時候啊。」我對貓這麼說，關了燈回家。

隔天早上宿醉，頭很痛，我還是跟平常一樣在上午六點上班，一打開門就聞到和牛庵飄著濃濃的異味。我趕緊進去看怎麼回事，看到貓在房間裡面的窗框上歪著頭驚訝地看著我。

總之，還活著，太好了。我放下心來跑過去，摸摸他的頭、他的喉嚨。他張開嘴巴好像想說什麼，可是喉嚨潰爛了，發不出聲音來，一次又一次無聲地訴說著什麼。我想

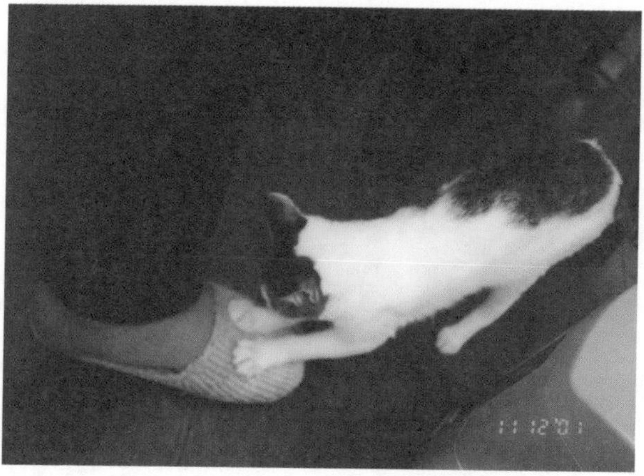

會不會是餓了？打開罐頭，他就狂喜地用頭摩擦我的腳，又跳到用來當泡茶檯的洗衣板上。

昨天他不可能有力氣跳到這種地方，大概是在有屋頂的地方睡了一覺，稍微有點體力了。我開心地餵他吃東西，他把鼻子湊過來，哈啾、哈啾地打了噴嚏。

貓在吃飯時，我環視周遭，發現用來倒扣洗好的杯子、盤子的籃子，以及面紙盒等種種東西都掉在地上。可能是一直在一起的兄弟姊妹，雖然在吃飯的順序上會欺負他，但突然不見了，他還是會沒有安全感，所以跳到檯子上、東西上，邊走邊哭叫吧。我會這麼想，是因為昨天我在喝傑克丹尼爾的時候，他也做了那樣的事。

那倒是無所謂，問題是充斥屋內的異味到底是什麼？我在屋內四處查看，發現和牛庵的長椅型架子上和地上等好幾個地方，都有大便。

為了預防這種事發生，我昨天特地買了專用的貓砂盆和砂子來放著。我非常生氣，他居然視而不見，幹了這種好事。但我這麼想是錯的，因為到昨天為止，他都是在馬路上生活，隨地大小便才是理所當然的。突然要求他在貓砂盆大小便，也太難為他了，這時候最需要的是以情以理來說服他，但難就難在他不懂人話，我又不會說貓話，不可能跟他交談。為了說服他，我必須用別的方法。

但是，說到別的方法，也沒什麼很好的方法。我用的是最原始的方法，就是拋開所有的工作，跟在他後面走。他一做出想要大小便的動作，馬上把他抱起來，放到貓砂盆裡，說些讓他大小便的話。

可是，我搞不懂。通常心神不寧，到處嗅味道，做出挖洞的動作，應該就是想大小便了，可是，他好像經常都心神不寧，我大叫：「喂，上廁所啦。」抱起他，把他放在貓砂盆上，他當然沒說：「我不要！」但感覺是在那麼說，揮舞著前腳逃出盆外，跑到房間的一個角落，冷靜下來，開始舔身體、舔手。

「真搞不懂你呢。」我邊嘀咕邊緊跟著他，意外發現他有奇怪的癖好。是怎麼樣的癖好呢？

說起來還真不少，不過，第一個覺得奇怪的是磨爪子。

貓是很有趣的動物，磨爪子最初應該是因為爪子太長，在抓食物或其他東西時有種種不便，所以把爪子磨短。可是，我看我家的貓，並不只是為了磨短。每當有什麼不爽，為了發洩煩躁，或是為了向其他人宣示「我現在很不爽」，譬如可可就會「嗚喔」尖叫，然後弓起背，直挺挺地豎起尾巴，執拗地抓扒腳下的地毯。

當然，地毯的纖維都斷了，變得破破爛爛。跟可可一起生活了十五年的我，早已到達大徹大悟的境界，看著破破爛爛的地毯也能嘿嘿傻笑。

在這方面，小貓也是一樣。可能是我老纏著他，看到他稍微有要大小便的樣子，就大驚失色地衝過去，讓他覺得很煩，雖然沒說：「你這個下流文人，起碼讓我好好大小便嘛。」但就是那樣的感覺，磨起了爪子。

這也沒什麼，但奇怪的是他開始磨爪子的場所。用來磨爪子的東西，通常是我前面所說的地毯、榻榻米、柱子等，使用天然纖維材料做成的建材、家具。所以，飼主會發出「等一下……」的窩囊叫聲，買來專用的磨爪板，以免他們去磨建材家具。不過，即使這樣，貓還是喵地奸笑，在柱子上磨爪子。

但這隻小貓到底是什麼小貓呢？竟然靠後腳站起來，把前腳搭放在落地式冷氣室內

10 13'01

機的像天窗的地方，舒服地啪哩啪哩磨起了爪子。

他原本是待在都心的餐飲店密集的地方，道路都用瀝青封起來，附近又沒有適合磨爪子的道具，所以，養成了這種在塑料樹脂上磨爪子的習慣。

多麼可憐啊，我這麼想，同情地看著他時，他強裝沒事的樣子，跳到沙發上面，很快地撒一泡尿就跳下去，快到我來不及阻止。

我早料到會這樣，先在沙發上鋪了吸水墊片，所以沒造成災難。但是，他會那麼做、會那樣磨爪子、會那樣心神不寧，應該是因為我一直纏著他，對他造成了壓力。

看他磨爪子磨得那麼用力，身體狀況應該是比昨天好多了，但怎麼看還是不健康。我想動物醫院應該開了，正要打電話時，猛然想起一件事。要帶他去動物醫院看病，得先替他取名字。

我看著小貓的臉思索。因為工作的關係，我很習慣取名字。好幾個名字浮現腦海，然而，沒有讓我感覺「就是這個！」的決定性名字。我心想怎麼辦呢？再看一次小貓的臉。就在這一瞬間，小貓哈啾、哈啾地猛打噴嚏。

哈啾。不錯呢。哈啾。這個好。可愛又新穎，是其他貓沒有的名字。

「從現在起，你就叫哈啾，要努力活下來喔。」我對他這麼說，打了電話給動物醫院。

打擊

不知道該怎麼說才好。老婆氣喘吁吁地從動物醫院回來，一進我的工作室就哇哇、哇哇地叫個不停，狼狽不堪。為什麼會狼狽不堪呢？因為在看完診後的回家途中，不知道是不是因為在動物醫院被整得很慘，受到驚嚇，哈啾在寵物攜帶包裡大便了。大概是打擊太過強烈，大出來的是水便，剛剛在動物醫院洗得乾乾淨淨的哈啾，又變得全身髒兮兮。真是動不動就發動「糞攻」的貓。

兩個人手忙腳亂地把哈啾和包包洗乾淨後，我才問：「結果怎麼樣？醫生怎麼說？」

老婆說：「先告訴你好消息。」

「怎樣怎樣怎樣？」

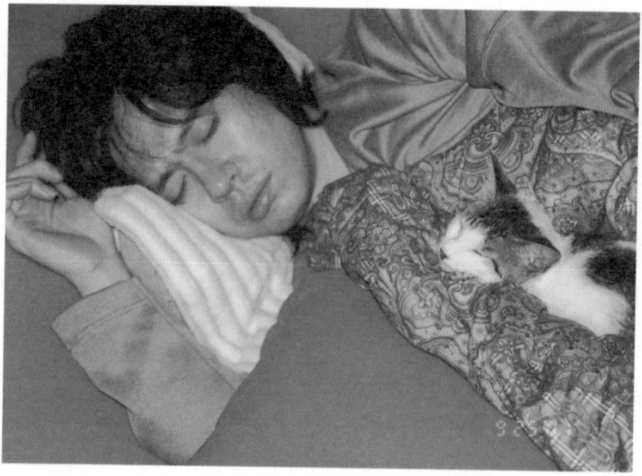

「首先，他沒有得貓愛滋。」

「啊，太好了。」我很開心，但只開心了一下子。老婆又告訴我其他檢查結果：有貓病毒性白血病、疑似有病毒性腹膜炎，這些病目前沒有確實有效的治療方式，三年內發病的可能性很高，發病後的死亡率極高。此外，哈啾已經七個月大，體重過輕，只有一千二百公克。因為嚴重貧血，連抽血做血液檢查都很困難。醫生說哈啾現在還太虛弱，要等體力稍微復元才能治療。

「那、那要怎麼辦？」我把老婆當成醫生那樣詢問。

「醫生說他的肚子裡可能有什麼寄生蟲，身上還有跳蚤蛋，要先清除。」

「要要要怎麼清除？」

「我拿藥回來了。」老婆說著，從包包裡拿出藥袋。跟人類的藥袋沒什麼兩樣的袋子上，寫著哈啾的名字。

「那麼，快點餵他吃吧。」

「剛才在醫院餵過了，現在還不用餵。還打了點滴。」

「這樣啊。」我嘆口氣，望向哈啾。可能是被抽血、被迫吞下種種藥，受到極大的打擊，哈啾縮在房間角落，神情沮喪，毛也塌了下來。

若是人類，會了解這一切都是為了自己好，會知道是在替自己做治療。然而，對哈啾來說，去醫院只是不講道理的欺凌吧。我用桂枝雀[8]的口吻向他道歉：「對不起，哈啾，對不起耶。」然後再用平時的口吻說：「但我也傷透了腦筋呢。」說完靠近他，撫摸他的頭。真的是很小、比拳頭還小的頭，裡面盤旋著怎麼樣的思考呢？

但是，老說傷透腦筋也於事無補。為了增加他的體重，我買了高卡路里的食物。還買了富含營養的不可思議的粉末，以及讓人想刻意用奇怪的日文來說的特殊粉末。為了增加哈啾的體重，我打開罐頭盛在盤子裡，再把特別的粉末撒在上面，擺在哈啾的鼻子前。哈啾抬起頭，正要吃時，打了一個噴嚏，把粉末全都吹走了。

8　落語家。

哈啾的遊戲

可能是以前的生活環境太過惡劣，也可能是不可思議的粉末起了效用，哈啾看起來逐漸恢復了健康。

蓬亂如麻、宛如沾滿泥巴的便宜毯子的毛，現在摸起來像柔軟的天鵝絨，骨瘦如柴的身體也長出了肉，摸起來鬆鬆軟軟。

虛弱無力的腰部也變得強壯了，原本要跳上源藏可以輕鬆跳上去的高度都很困難，現在可以嗖地跳上去了。

也學會使用貓砂盆了。起初，可能是踩到貓砂腳底會痛，所以我把他放進貓砂盆裡，他就會擺出「我不要」的姿勢，揮舞著四肢跑出盆外，在沙發上大便。因此，我必須在沙發上先鋪一層寵物吸水墊，再把垃圾袋割開成墊片模樣往上鋪，最後鋪上一層吸

水墊片，非常麻煩。據我推測，哈啾以前生活的馬路上，可能有很多狗或醉漢等，對哈啾來說是很凶惡的存在，所以，會不會是因為不能在馬路上好好大小便，只好違反天性，跑到圍牆上等比較高的地方大小便呢？但是，有一天，我突發奇想，把砂子放進有雕刻裝飾的水盆裡，他就嘻嘻笑著，悄悄走進去，腰一沉，露出奇妙的表情小便了。我也很高興，嘻嘻笑了起來。哈啾嘻嘻笑，我也嘻嘻笑。

如此這般那般，終於學會使用貓砂盆的哈啾，起初是吃力地躺著，呼吸也很痛苦。漸漸好起來後，開始會玩遊戲了。

我真的很久沒跟小貓玩了。因為可可來我家時已經是成貓，所以只稍微玩了一下，沒怎麼玩到。源藏來我家時還是小貓，可是不知道為什麼，對他搖繩子、拋球，他也只會歪著頭，用空洞的眼神望著那些東西，幾乎不會去追。

哈啾不一樣，是很喜歡玩的貓。一搖繩子，他就會露出熱情高漲的眼神，把肚子頂在地上，注視著繩子。一鎖定目標，就很有彈性地左右甩動屁股撲過來。但我不會那麼輕易讓他抓到，在他快搆到的瞬間，我就會把繩子拉到半空中。他的反應也很快，會把雙手如高喊萬歲般張開，原地跳到半空中，但還是差了一點，沒搆到。我以為他會大叫「哎呀，好可惜」就放棄了，沒想到他又在稍遠的地方，把肚子頂在地上，放低姿勢，貓視眈眈地盯著我在搖晃的繩子，鎖定目標，準備捲土重來。

我心想玩久了總會厭倦吧？結果，也喜歡玩拋球的哈啾，把滾落在房間角落的球啣起來，笑咪咪地走過來，把球丟在我膝上，意思就是要我陪他玩拋球。

球被做成貓玩具的老鼠模樣，或許也是引起他興趣的原因之一，總之，我盡可能拋到房間最遠的地方，注視著球的哈啾就如脫兔般衝出去，然後，咬著球一溜煙跑回來，再把球丟在我膝上，用熱情、清澄、信賴的眼神，仰頭看著我的眼睛。

我拿他沒轍，又把球拋出去。他又跑去咬起來，開心到不行地跑回來，丟到我膝上，用信賴的眼神仰頭看著我。所以，怎麼樣都沒辦法停止拋球，但又擔心他的身體可不可以做這麼激烈的運動。

看起來哈啾已經復元到這種程度了，然而……

真希望可以寫藥物治療有效

起初，我只是覺得他動不動就抓脖子。

一有空，他就用後腳抓脖子附近。

這就是人跟貓不一樣的地方。我若是覺得脖子癢，會用手抓癢。但是，哈啾等貓咪，會用後腳抓癢。對人類來說，那就是腳，我不懂貓為什麼要刻意用腳來抓癢，心想，說不定用腳來抓癢會很舒服呢，就自己嘗試著用腳抓抓看，結果只有痛苦，一點都不舒服。

我覺得他這樣真的很詭異，就盯著他看，才發現不知道是不是抓得太頻繁的關係，臉頰的地方有毛脫落，禿了一塊。

我就知道不能那樣抓嘛，於是，我對哈啾說：

「我不知道你有多癢，可是，你就是抓得太頻繁，才會這樣禿掉啊。癢就要抓，這是沒辦法的事，但凡事都要有個限度嘛，你要學會中庸之道才行。」

但哈啾這傢伙，根本沒在聽我勸。話都還沒說完，他就笑嘻嘻地走到森田芳光導演送我的盆栽後面，使勁地咔哩咔哩抓起脖子，抓得很舒服。

這也不能怪他，畢竟他聽不懂人話，但久而久之就出大事了。因為抓得太過度，禿掉的地方逐漸擴大，從起初的豆粒大小，變成五圓硬幣大小，最後變成了名片大小。

更糟的是，即便這樣，哈啾還是不停地抓。不覺中，禿掉的地方皮膚破了，露出粉紅色的真皮，變成血淋淋的雞肉般的狀態。

即便這樣，哈啾還是不停地抓，但抓還是會痛，所以他邊抓邊咿咿呀呀地慘叫。看得我好心痛，就叫老婆帶他去給獸醫看。

根據醫生的見解，哈啾全身的健康狀態都非常不好，所以，是空氣中通常不會造成影響的黴菌、雜菌，使他產生了症狀。醫生幫他塗了藥，還給了他伊莉莎白頸圈，就是看起來很像喇叭形狀的圓筒，可以防止他再去抓。

把這個頸圈戴在脖子上，前腳、後腳就都抓不到癢的地方了。

這是個好辦法。這樣就沒問題了。我和老婆馬上合力把伊莉莎白頸圈戴在他的脖子上。

那樣子真的好可憐。

怎麼說呢？因為哈啾的身體非常小，都已經是成貓了，卻只有小貓的大小，體重也只有一千九百公克。對他來說，一般的伊莉莎白頸圈太大，就像日本童話故事裡的「戴缽公主」。

左右視野都被遮蔽的哈啾很害怕，邊上上下下動著脖子，邊往後、往後再往後退。不能正常地做任何事的哈啾好可憐。

可是，不戴伊莉莎白頸圈，臉上的傷就會越來越擴大，最後全身都會變成像血淋淋的雞肉。變成那樣很可憐。可是，這個模樣也很悲慘。要說哪裡悲慘，最殘酷的悲慘莫過於那模樣還透著滑稽。而且，視野被遮蔽也有危險。要往高處跳或要從高處往下跳時，都可能因為伊莉莎白頸圈卡住而勒住脖子。

老婆和我看著像戴缽公主般，邊上上下下動著脖子，往後、往後再往後退的哈啾，不知道該怎麼辦才好。

被戴上尺寸太大的伊莉莎白頸圈的哈啾，變成了可憐的戴缽公主。我和老婆都無法正視那樣的他，就把頸圈拆下來了。

拆下伊莉莎白頸圈後，哈啾的表情看起來非常愉快。可是，不戴頸圈，他臉上的傷就會越來越嚴重。

最後，老婆自己裁剪厚紙板，做了適合哈啾身體大小的伊莉莎白頸圈。戴上後，他就不再去抓傷口，沒多久，傷勢就痊癒了。但脖子周圍纏繞著厚紙板，似乎還是讓他非常不舒服，他很討厭那東西。經過一段時間，厚紙筒有點爛了。為了更換新的頸圈而拆下舊頸圈時，哈啾顯得神清氣爽，露出非常快活的表情，舒服地伸了個懶腰。

一個半月後，脖子的傷都好了，哈啾卻逐漸沒了精神。

大約從十一月開始，我有堆積如山的困難工作，不太有時間陪他玩。

整棟公寓又展開大規模的修復工程，噪音不斷、人來人往。大概是受不了這些，他年尾年初都因為感冒躺著睡覺。

二月時，稍微復元了。但我是蠢蛋，光顧著工作，幾乎沒跟他玩。哈啾是很容易放棄的貓，我開始洽談工作、投入工作，他就會馬上放棄，蜷成一團睡覺。

他的懂事令人心疼。

然而，身體已經好到某種程度的哈啾，進入三月後，又惡化了。毛似乎沒了油脂而變得乾燥蓬鬆的哈啾，整日流著淚，窩在窗戶邊的音響上面，動也不動。

音響有維持時間顯示的預備電源，所以溫溫的。可能是身體虛弱，會本能地窩在溫暖的地方。

但並不是其他地方就不溫暖。我把從家裡帶來的煤油暖爐、電毛毯、寵物專用電毯通通開著，屋子裡暖得像熱帶。

即便如此，他還是要爬到音響上面，是因為沒有安全感嗎？

整棟公寓在進行外牆修復工程時，哈啾整天待在音響上面，充滿戒心地看著工人在窗外的鷹架上走來走去。不過，那個時候，他還會嬉鬧地拍打放在音響旁邊的燭台的蠟燭，現在只是痛苦地蹲坐在那裡而已，看起來好可憐、令人心疼。他的後腳本就比較沒力氣，所以，我為瘦到很虛弱的哈啾擺了一張椅子，讓他起碼可以輕鬆地跳到音響上。

還有流淚。大概是發炎了，他一直在流淚。

哈啾剛來沒多久時，可能是在馬路上生活時養成的習慣，有一次他頭朝下跳進垃圾桶裡，因此受了傷。幸好那次不是很嚴重，可是，不能保證他下次不會因此受重傷，所以我想一定要教會他不可以這樣跳。才剛這麼想，他又跳進了垃圾桶裡。我抓住他，對他說：「哈啾，不可以跳進垃圾桶裡面。」彈了他的鼻子。

但哈啾這小子，可能是從來沒有被罵過、被苛責過，似乎完全無法理解自己為什麼受到這樣的待遇，用不知道這個疼痛究竟是怎麼回事的驚慌眼神看著我，一臉茫然。於是，我放棄了對他的教導。

那之後過了幾天，我發現他半閉著一隻眼睛，流著淚，趕緊把他帶到醫院，醫生說：「可能是不小心被什麼劃傷了。」

唯一能想到的，就是我彈了他的鼻子。我內心嗚咽號哭，向哈啾道歉說：「對不起，哈啾，我再也不彈你的鼻子了。」

哈啾用清澄的眼睛望著我，嘻嘻笑了起來。

但是，這次的淚水與那次不成比例，整天都在流，感覺眼睛就快爛掉了。老婆在一天之內，幫哈啾擦拭了好幾次淚水和鼻水。

怎麼看都不尋常，才帶去醫院就發高燒了，醫生診斷是流行性感冒。

醫生說若繼續發燒，可能會造成很大的影響。

可是，哈啾的狀況原本就不好，體重只有一千二百公克左右，身體又虛弱，不能用太強的藥物。

更糟的是，病殃殃的哈啾連自己吃飯的力氣都沒有了。

據說，貓絕食兩天就會餓死。在這樣的狀況下，我只能驚慌到不知所措，完全幫不上忙，無法思考任何有效的方法。多虧老婆實際採取了行動，買小小的研磨缽和研磨棒回來，把罐頭食物磨碎泡在水裡，餵哈啾吃。

哈啾的體重持續滑落，模樣慘不忍睹。撫摸他的背，會摸到凹凹凸凸的脊梁骨。抱起他，就覺得細小的肋骨快斷了，令人心疼。

我白天很早來，晚上也到很晚都有人在，這其間都開著暖氣，所以非常溫暖。但沒有人的半夜一定很冷，所以我回家前會讓暖氣繼續開著，並且把電毯也打開。那是我從家裡帶來的電毯，這樣他躺在地上睡覺才不會冷。

等地面暖和了，哈啾才從音響上面下來。可是，那模樣看起來好吃力，躺下來後，吁吁喘著氣。

但是，到了我和老婆兩人合力用針筒替他灌食時，他又會使盡全身力氣抵抗。都虛弱到那種程度了，還花這麼大的力氣抵抗，一定會更虛弱，太可憐了，我好想停下來。

悲哀的是，我的力氣比哈啾大。悲哀的是，抓著他的兩隻前腳、按著他的脖子，就會摸到他細弱的骨頭。

可是，不這麼做他就會死。我們強行灌入食物，灌得不好時，流質食物會從嘴巴周圍流到脖子，沾得亂七八糟。放著不管會起斑疹，如果再因此戴上伊莉莎白頸圈就太可憐了。所以，我們用脫脂棉擦拭流質食物，但是，哈啾連這樣都不願意，一直扭動身體喊著「不要、不要」。

真的好可憐。

幾乎可以確定，是流行性感冒引起的發炎。但是，總不能因為這樣就袖手旁觀，我去買了貓用蜂膠給他喝。大約喝了一個禮拜，感覺稍微好轉了。

經過考慮，也使用了干擾素。根據醫生的說明，干擾素在最初的一個月會有效，之後有效期限會逐漸縮短，而且會降低天生的免疫力，所以，若是持續使用，最後會變成必須不斷使用才能延續生命。因此，我有些猶豫，但又想到說不定他會在這一個月內復元。

大約過了一個禮拜，哈啾就會抬起頭，看著在屋裡走來走去的我和老婆，喵喵地叫了。在這之前，他都是痛苦地躺著，只聚焦在某個點上。

我和老婆都想，說不定有救了。

哈啾還自己坐起來，開始舔毛了。很久沒看到他做這種貓應該會做的事了。我和老婆對著彼此大叫：「哈啾在舔毛了！」開心極了。之前的哈啾，就是虛弱到連這種事都做不到。

我對老婆說：「這樣持續復元，他就會沒事了。」

老婆還沒回話，哈啾就癱軟地躺下來了。

生病後的哈啾，很喜歡條紋花樣的毛毯。那是我從家裡帶來給哈啾的毛毯，又小又薄，摸起來很柔軟。哈啾緊緊抓著毛毯睡著了。

幾天後，哈啾可以自己吃飯了。我幫他準備流質食物的時候，他露出很想吃的眼神，我就試著用湯匙舀給他吃，他呸喳呸喳舔著吃進去了，雖然只有一口。

我確信他已經復元了。在那一刻，我深信這樣應該就沒事了。

強行灌奶讓哈啾很痛苦

儘管覺得效果可能不會很好，我還是郵購了會在空氣中釋放臭氧的設備回來安裝。因為我想，只要是大家認為有用的東西，不管什麼都拿來試試看。

那之後大約一個禮拜，哈啾看起來好多了。

原本躺著不能動，吁吁喘著氣，現在可以搖搖晃晃地站起來了。時而擺出撒嬌般的動作，時而磨爪子。

注入流質食物的時候，他也會強力掙扎，甩著頭說「不要」，搞得整張臉都是流質食物。但是，我很高興他有掙扎的力氣。我和老婆的手，都感覺得到他的生命力。

不過，同時，那股力氣顯然比健康的貓虛弱，我回家摸著可可和源藏，就會為那股力氣的天差地別感到悲哀。

跟他們相比，哈啾小得可憐，抱起來好輕。

邁入四月後，哈啾會在某些地方走來走去了。

有張藍色布面的摺疊椅，椅面有重量就會向下凹陷，躺起來很舒服，所以，哈啾很喜歡那張椅子，以前有精神的時候，總是蜷在那張椅子上睡覺。

病情惡化後，連跳上那張椅子的力氣都沒有，換成睡在音響上面。更惡化後，一直躺在放在地上的藤床上，但現在他自己跳上放在最裡面工作房間的摺疊椅上，蜷成一團。

哈啾喜歡這個工作房間。

對哈啾來說，當老婆在這個房間看書時，依偎在她旁邊睡覺，說不定就是最幸福的時光。

晚上，我們在隔壁的工作室做其他事，他就會獨自進入那個黑暗的房間，對老婆說：「來這邊依偎著一起睡覺嘛。」

這時候，我和老婆就會說：「那邊沒有人在，很冷，你過來這邊啊。」把他叫過來。早知道事情會變成這樣，我就不要工作，跟他依偎在一起了。

我打開工作室的暖氣，坐在哈啾前面，看著他睡覺的樣子。他的呼吸急促。身體好小。

會在某些地方走來走去的哈啾，看起來似乎一點一點好起來了。

跳上椅子的動作，看起來也漸漸有精神的樣子。在他眼前搖晃繩子時，他雖然不會玩，但會用很想玩的眼神看著繩子。

另外，他又有了新的動作。辦公室的窗邊，排列著盆栽的地方，擺著一個用來當裝飾品的石盆。那是哈啾剛開始學會上廁所的石盆，後來他漸漸學會了使用一般的砂盆，我就把石盆洗乾淨，放在盆栽旁邊。

心情好的時候，哈啾會一直聞石盆的味道，進去裡面躺著，或是呸喳呸喳舔石盆的邊緣。我和老婆都說：「他在舔充滿回憶的石盆呢。」笑了起來。可是，哈啾在舔或聞味道的時候，表情都很嚴肅。

四月五日早上。哈啾在流理台旁邊的沖咖啡櫃子下面晃來晃去，好像在找什麼。因為檯子上擺著裝飼料的碗，所以我試著用湯匙把磨碎的罐頭舀給他吃，他把臉湊過來，呸喳呸喳地舔了起來。哈啾已經有一個月沒有這樣自己吃飯了，我又興奮又激動，就那樣拿著湯匙不動。可是，不知道是不是累了，他只舔完小小湯匙的一半就不舔了。

「這樣就夠了嗎？多吃點嘛，真的夠了嗎？」我不停地跟他說話，把湯匙湊近他的嘴巴。可是，哈啾說：「已經夠了。」回到鋪著電毯擺在固定位置的床上躺下來。

然而，儘管只是一點點，他總算是自己吃飯了，所以，即便隔天還是要用針筒幫他注入流質食物，我和老婆還是相信他正在復元當中。

不過，要用針筒強行餵食藥物和食物，還是很難受的一件事。不知道是不是喉嚨潰爛了，食物通過時會痛，或者是別的理由，要注入時，哈啾會甩頭、扭腰、揮舞前腳，全力抵抗。我想他用這麼大的力氣，會消耗體力，沒有力氣跟病魔作戰吧？還有，會這麼排斥，可見對他來說是很大的壓力吧？

但是，那股抵抗的力量，對人類來說十分微弱，也完全比不上可可和源藏。他小小的身體、纖細的骨頭，彷彿一壓就會碎裂，令人好心疼、好感傷。我流著淚幫他灌食。

而且，模樣像牛奶的流質食物，若是沒有從喉嚨流下去，大半會從嘴巴溢出來。從哈啾的下巴到脖子、胸口一帶，都黏著垂下來的牛奶，宛如一條破破爛爛的毛巾。假如再像之前那樣，出現皮膚發炎的症狀，一定會痛苦難耐。所以，在他喝完後，我都會幫他擦乾淨。可是，黏在上面的牛奶太頑強，很難擦乾淨。

話雖如此，但不灌食就沒辦法維持體力。點滴也是一種方法，但光是去醫院就會消耗體力，況且，聽說若是依賴點滴，就會忘記怎麼樣從嘴巴吃東西，這麼一來，就要永遠打點滴了。

不論如何，在干擾素奏效的一個月期間，我只能餵他吃蜂膠，期待他的自體免疫力會上升，因此退燒，恢復到可以自己吃飯的程度。在這個時刻，我和老婆都抱持著這樣的希望。

之後的五天，哈啾的心情都很好。儘管腳步有些蹣跚，但在屋子裡走來走去。他很專心地舔了充滿回憶的石盆、走到他喜歡的寫稿房間，滿面笑容。還在沖咖啡的檯子下面，做出想吃飯的動作。

我看他一直看著他喜歡的繩子，就在他眼前晃動，他露出悲哀的表情，目不轉睛地看著。他很想撲上去，但沒有那樣的體力了。我不再揮動繩子，把繩子放在腳下。哈啾用奇特的表情看著繩子好一會兒，就回自己床上躺著。

在這個時候，儘管只是一點一點，但他看起來逐漸好轉了。

沒有治療方法

四月十一日，我為工作的事，去了一趟永福町，深夜才回來。沒回家，直接去了工作室，餵哈啾喝蜂膠，我自己喝酒。這一天疲憊不堪，才喝了一點點酒就爛醉如泥，所以拜託老婆餵哈啾喝牛奶，就獨自回家了。

都是我不好。隔天起床沒看到老婆，立刻趕到工作室，一進去就發覺氣氛不對。聽老婆說，我回家後，哈啾把吃的東西都吐出來，全身癱軟，連站都站不起來了。就在我喝酒喝得正開心時，哈啾出了大事。

電毯上鋪了好幾層的墊子，哈啾無力地躺在那上面，呼吸急促，看起來十分痛苦。我叫喚他的名字，他微微張開眼睛，但很快就閉上了。

老婆又說：「我從很久以前就注意到，哈啾每次躺下來時，一定會把有條紋的那一面朝上，絕不會把白色的側腹部朝上，不知道是不是有劇烈的疼痛。」我仔細一看，哈啾果然是把有條紋的那一面朝上。

醫院一開門，老婆就把哈啾帶去了醫院。回來時，老婆臉色蒼白。醫生說是腹膜炎與白血病發作，幫哈啾打了點滴、餵食酵素，但宣告不能再為他做任何治療了。這一天，我也餵他吃了蜂膠，但他馬上吐出來了。

老婆說要住在工作室，所以我回家一趟，把棉被扛在頭上帶過來。一鋪好，哈啾雖然有些痛苦，還是開開心心地爬上了棉被。

樂團要排練，所以我去了下北澤。

到了四月十三日，哈啾的狀況依然沒有好轉，似乎很難受，一直在嘔吐。我在超商買了炒飯回來吃，天黑後去市內買咖啡研磨機，用來磨碎哈啾的食物。老婆住在工作室，我回家了。

十四日早上，我在家做完工作，再去工作室時，哈啾更衰弱了，陷入完全無法進食的狀態。我呼喚他的名字，他再痛苦也會瞇著眼睛往我這裡看，可見意識還很清楚。太可憐了。老婆一直住在工作室，也累了。我在超商買了烏龍麵回來吃。老婆說沒有食慾，什麼都沒吃。我自己吃了烏龍麵。老婆在雜誌和網路上，搜尋可以治好哈啾的醫院。我做了一些工作後，躺在沙發上打盹，深夜就回家了。

十五日。感冒的症狀更嚴重了。我去工作室，看到桌上擺著玻璃杯。

還是野貓時的哈啾，生活的地方附近有家咖啡店。哈啾可能常偷吃戶外座位上的食物、飲料，所以來我家後，也常跳到桌上，想喝杯子裡的咖啡或酒，對我嘻嘻笑著。我也笑著阻止了他。現在他不能自己跳到桌子上了。躺在床上，忍受著疼痛，飽受折磨。再也沒有比這更悲慘的事了。他又跟剛來我這裡時一樣瘦了。可能是喉嚨痛吧，強行餵食牛奶，也幾乎都吐出來。

四月十六日。哈啾光是側躺著都很痛苦，呼吸也很困難。但還是活著。既然活著就要呼吸、就要攝取養分。我托起他的頭和身體，讓老婆灌食牛奶。無法理解為何會被如此對待的哈啾激烈抗拒，又消耗了體力。

一直住在工作室的老婆也疲憊不堪。

我也感冒了，頭昏眼花。大家都頭昏眼花。老婆和我都不在家，源藏無聊到精神衰弱，露出從來沒有過的表情，很像戴著鴨舌帽的大叔，叫他也不過來了，好可憐。

下午，我去樂團彩排。彩排結束後到大廳，就接到出版社的通知，說我不久前刊登在雜誌上的小說，獲得川端康成獎。樂團的團員、工作人員都為我高興，嚷著要去喝酒慶祝。可是我擔心哈啾，一個人先回去了，其他人都去喝酒了。回到工作室時，哈啾做出了想吃東西的小小動作。

老婆說哈啾會吃有蝦子味道的罐頭。我去買蝦子味道的罐頭回來，老婆磨碎後餵他吃。他舔了一點點。

四月十七日。帶哈啾去代澤的醫院。老婆進去診察室，我在候診室等。感覺不像來到了動物醫院，倒像去他人家裡拜訪。一隻大狗走出來，好奇地看著我，還有貓走過來依偎著我。他們都很健康。

醫生似乎看得非常仔細，我在候診室等了將近一個小時。沒有其他患者進來。我聽見像是水流的聲音。裡面擺著很多盆栽，像座森林。醫院裡的貓也不知從哪兒來的，聚在一起，和平共處。

哈啾沒有救了。腹膜炎與白血病同時發作，治療其中一方就會對另一方造成致命性的傷害，醫生說沒有辦法救了。還說強行灌食並不好，打點滴實際上也不好。我們知道了很多事。越是知道就越是導向沒有救的結論。但是，不能不知道。我們不知道，就什麼也不能做。

我好難過，但老婆說：

「哈啾雖然痛苦，但拚命想活下來。他絕對不是想『我討厭痛苦，我想解脫』，他很想活下來，我們不能撇開視線，不去面對這件事。」

我同意這個說法。人類擅自推斷貓應該是怎樣想，是人類的傲慢，而且經常都是錯誤的。只是自己不想看到貓痛苦的樣子，所以給自己找藉口而已。

說貓那樣太可憐，想早點讓貓解脫，其實真正解脫的是誰呢？

十八日。哈啾在家裡搖搖晃晃地走來走去。

可能是想起健康時到處撒野，把家裡的東西破壞殆盡的時光吧。

稍微走一下，累了就躺下來，再搖搖晃晃地爬起來走。我和老婆對著彼此說：「他在走路。」「他在走路。」

四月十九日。我去工作室，餵哈啾喝牛奶。可能是喉嚨痛吧，他甩著頭，用盡所有力氣抵抗，我看得好難過，很擔心他會不會耗光體力。因為這樣掙扎，大半的牛奶都流出來了，從脖子到胸口的毛都被牛奶黏得凌亂不堪。如果再造成以前那樣的皮膚病，一定更痛苦。我用面紙幫他擦拭，他微微瞇起了眼睛。

只顧著工作

四月十九日，我要在下北澤CLUB 251開演唱會。上午在工作室陪哈啾度過，中午回家一趟，兩點為哈啾灌食完牛奶，就去了CLUB 251。四點開始彩排，八點開唱，全部結束時是九點半，十點開始慶功宴，之後喝到天亮是常有的事。

但我擔心哈啾，慶功宴只稍微露個臉，就回和牛庵。哈啾沒有好轉，但也沒有急劇惡化。我和老婆兩人合作，強行灌入了食物。抗拒而掙扎的力氣變小了，好心痛。骨頭更細了，好心痛。正常的話，體重應該有現在的一倍重。

不過，營養不良的哈啾，剛來我家時就只有一公斤多。來我家三個月後，體重增加到兩公斤左右。當時，我以為那樣持續下去，說不定就有救了。不料，這次發病後，體重又逐漸減輕，回到原來的重量。老婆留在工作室，我回家了。

二十日。上午，我在家開始工作，可是惦記著哈啾，工作毫無進展。到工作室時，老婆正要給哈啾灌食牛奶，我幫忙灌食，就發現哈啾有點奇怪。

他的頭晃來晃去搖個不停。我正在想怎麼回事，就看到他突然走向擺在儲藏室前的碗，吃起了飯。

「哈啾自己在吃飯了！」我和老婆雖然搞不清楚狀況，但非常開心。跑過去一看，才知道他不是在吃，只是做出在吃的樣子。走回來後，可能是累了，躺下來吁吁喘著氣。

過了一會兒，又站起來，做出磨爪子的動作，但也只是做做樣子而已。之後，走到充滿回憶的石盆那裡，然後盯著遊戲時使用的玩具、繩子看。我揮動繩子，他就注視著繩子。

可能是記憶快速倒轉，他在大腦裡模仿健康時的動作，那樣子真的好可憐。

哈啾其實是很愛玩的貓。我把球拋出去，他就會開心地往前衝，把球咬起來，興高采烈地跑回來，把球放在我膝上，做出要我繼續拋球的動作。

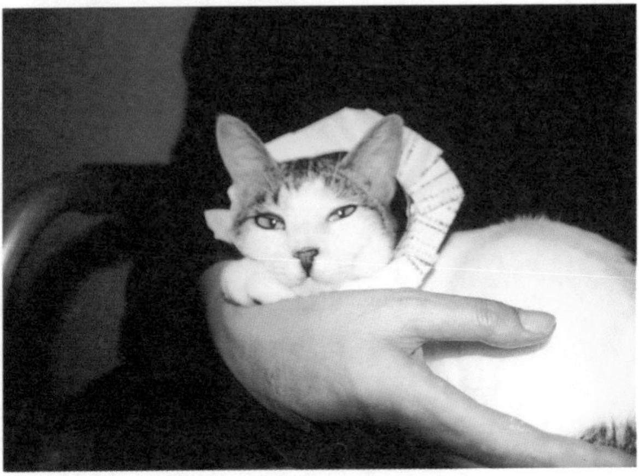

想要我陪他玩時，他會把玩具咬過來，放在我膝上，抬頭看著我，好像在對我說「跟我玩、跟我玩」。

既然這麼愛玩，不管有沒有人來，他都該玩到天翻地覆。我也該偶爾不要跟人談工作，陪他玩。

但是，演變成這樣才這麼想，也已經太遲了。

老婆量了體溫。沒有發燒。不過，我想歸想，在那個時間點，並沒有想到哈啾真的會死。

在哈啾奔跑過的房間寫稿

二十日，晚上。我去永福町工作，回來後餵哈啾喝牛奶，他的頭一直上下晃動，停不下來。我很擔心、很不安。可是不知道該怎麼做，只能守候著他。他跟平時一樣，把有條紋的那一面朝上躺著，吁吁喘著氣，開始了痛苦的呼吸。黑黃色虎紋的肚皮波動起伏。看起來很痛苦。我看得好難過。

我回家，老婆又住在工作室。

四月二十一日。上午九點時，我去工作室，在自己的房間工作了一會兒，再去看哈啾，他的氣息淩亂，呼吸似乎非常困難。我與老婆合力餵他喝下了葡萄糖。抗拒的力量比昨天更虛弱了。

正午，我回家一趟，把水果、報紙、毛巾帶來時，哈啾的呼吸更加急促了。

他躺在鋪了好幾層的厚毛巾上。老婆坐在一直鋪在旁邊的被褥上，看顧著他。他躺著的地方，對面就是他以前很喜歡的紅色沙發。

我坐在老婆旁邊看著哈啾，好難過。他的身體瘦到彷彿一折就斷。來我家後增加的體重，又回到原狀了。頭、嘴巴、手都小到令人難以置信。那個小小的嘴巴半張著，痛苦地吁吁喘著氣。

「哈啾，你還好嗎？哈啾、哈啾。」我邊叫喚他，邊用沾溼的毛巾幫他擦拭脖子。他明明很痛苦，卻還是瞇著眼睛，稍微伸長了脖子。我和老婆說：「在這種狀態下，他還是很開心呢。」我們輪流撫摸他的脖子，他就把脖子伸得更長了，好像要我們多撫摸他幾下。

我躺在紅色沙發上，昏昏沉沉地睡著了，是老婆呼喚「哈啾、哈啾」的聲音吵醒了我。好大的聲音。

哈啾把嘴巴大大張開兩、三次，發出一聲從來沒聽過的叫聲，站起來跳到了三十公分遠的地方。

然後，張著眼睛躺下來，就不動了。我和老婆都目瞪口呆。

過沒多久，哈啾的身體抽抽搐搐地痙攣起來。老婆大聲叫喚：「哈啾？」但哈啾就那樣不動了。

僅僅一年兩個月的生命。老婆哭著說：「我還想等天氣暖和了，要帶他去做日光浴呢。」還說：「他只經歷過寒冷就死了。」

哈啾是可憐的貓。走起路來，跟吉祥物一樣可愛。很乖巧。平時老是吵著「陪我玩」「陪我玩」，可是，有客人來的時候，他就會想「有客人在沒辦法」，馬上斷念，在長椅上蜷成一團，等我洽談完。那麼懂事的他，令人憐愛又心疼。

沒想到他會死得這麼早，早知道我就該放下工作陪他玩。毫無根據地認定哈啾會活很久的我，是個大笨蛋。

我把他生前很喜歡的靠墊，放進他常睡的床裡，再擺上花朵做裝飾。哈啾的表情帶著無盡的遺憾。

我把哈啾用過的毛巾帶回家了。好空虛。我在哈啾奔跑過的房間寫稿。

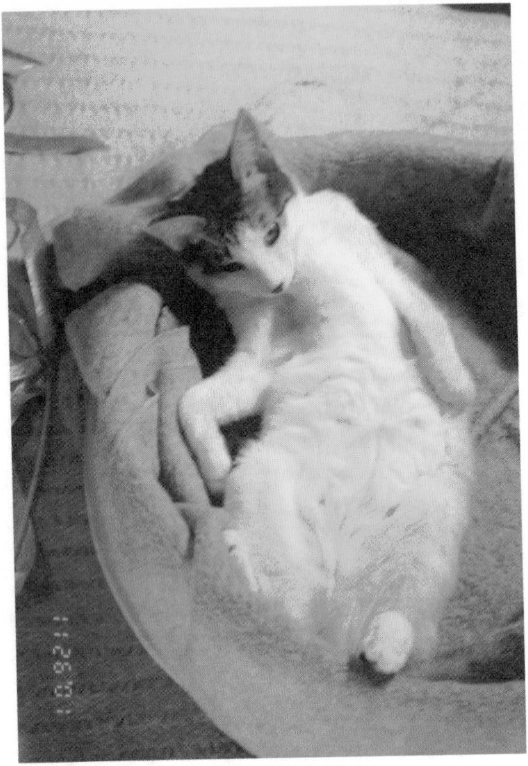

得獎後，很多人送我花，房間裡到處都是花。

我把哈啾放進他喜歡的紅色貓窩裡，再把他愛用的坐墊、玩具、毛巾放進去，周圍用花圍起來。

被花環繞的哈啾，張著嘴巴，露出遺憾的表情。我想他一定是不相信自己已經死了，還很想再玩。

他以跳動的姿勢躺著。

他很喜歡跟人一起坐在我工作房間的地毯上。

不過，並不是經常那麼做。有一次，不知道什麼原因，老婆偶然坐在那裡看書。哈啾喜出望外，爬到老婆膝上坐下來，咕嚕咕嚕叫著。

不過那麼一次而已，那之後，哈啾就像在邀人過去般，常常去躺在那個房間的地毯上，偶爾會用「再來這裡嘛」的表情看著老婆。

我和老婆把哈啾的遺體靜靜地擺在地毯上。

後來，哈啾喜歡躺在布面的摺疊椅上，椅面會因為身體的重量，彎得恰到好處，躺起來似乎很舒服。白色的哈啾在藍色的布上蜷成一團，感覺就像兩者融為一體的自然形態，看著看著就覺得很幸福。

但人類是膚淺的動物。說什麼不想忘記那種幸福，就會把那個模樣拍下來。我拍照時，哈啾也沒受到驚嚇，照睡不誤。

不過，哈啾也有露出驚訝表情的時候。

那就是在我做完工作，要回家的時候。我關掉燈，走向玄關，哈啾就毫不遲疑地跑到了玄關，那個腳步像是在說：「哇，我也要去。」可是，我不能帶他回家，所以趕快把門關上。快關上時，我看一下他的臉，他正像土撥鼠般抬著頭，圓睜著眼睛，用難以置信的表情盯著我。

老婆說每次看到他那樣的表情，心都快碎了。

為了不要再看到那樣的表情，我會在出門前拋球，哈啾以為我要跟他玩，就會開心地叫著跑開，害我看得更加難過。

老婆看著被花環繞的動也不動的哈啾，聲音哽咽地說：「早知道會這樣，我就不要

回家，一直住在這裡了。」

二十二日上午，葬儀社的人來了。我們搭車去火葬場，哈啾成了骨頭。好細的骨頭。

下午，抱著骨灰罈回到工作室，老婆和我都像失了魂。我寫稿寫到傍晚，晚上也做了一些零星的工作。哈啾死了，其他事物卻像什麼也沒發生過那般持續運行著。日子依然不斷地流逝。哈啾沒吃完的罐頭，我都帶回家了。可是，哈啾最後使用的貓砂盆，我卻無心清理。

聽到哈啾的事，大家都對我說：「他原本是野貓，可以受到這麼細心的照料，想必很滿足了。」

但是，我和老婆都不這麼想。

倒是深深覺得，我們應該可以為他做更多、更多的事。

可可

源藏

哈啾

奈奈

平成十四年八月～平成十六年四月

2002年8月～2004年4月

續・我家的貓兒們

現在我有三隻貓。

這麼寫，最讓我掏心肝的是「三隻」這個說法。可以的話，我個人比較想寫成「有三位貓」。

因為我絲毫沒有「在養寵物」的感覺，只覺得跟他／她一起生活，每天都從他們身上得到很多東西。

或許有人會說：「那麼，就那樣寫啊。」可是，我不能寫。為什麼不能寫？因為我有身為人的架子、虛榮心。什麼樣的虛榮心呢？就是怕假如寫「現在我有三位貓」，世上的人一定會想：

「哈哈，人跟貓傻傻分不清，好蠢的傢伙。東西都有固定的計算單位，椅子或桌子

是一張、兩張，書是一本、兩本，汽車是一輛、兩輛，動物是一隻、兩隻，你卻把動物說成一位、兩位，多麼愚蠢啊。如果是明明知道，還故意說成一位、兩位，那就更愚蠢了。也就是說，你瘋狂地愛著貓，愛到昏了頭，無法分辨事情的道理了。哈哈，既然知道你是這樣的人，就沒必要把你當人看了。下次再遇見你，就嘻嘻奸笑著往你肚子打。哈哈，太好笑了。」

盡可能不想被想成那樣，就是一種虛榮心。

可是，既然有一起生活的感覺，就很難把共同生活的人稱為「隻」。那種感覺就像在說：「我有一隻哥哥。」

可是，我又不想因為把貓說成一位、兩位，被嘻嘻奸笑著毆打肚子……絞盡腦汁想破頭後，我想到了一個計算單位，那就是一頭、兩頭。

這個計算單位聽起來不像一隻、兩隻那麼討厭，說「我有一頭哥哥」，很像把哥哥說成馳騁天空的雄壯飛馬，很值得依靠，感覺哥哥也會比被說成「一個」來得開心。

既然想到了更好的計算單位，就要修正為「我有三頭貓」。他們的名字分別是可可、源藏、NANA。

可可是待在我家最久的，在一起生活了十六年。二十歲的她，以人類的年紀來說，已經超過百歲了。但她再健康不過了，現在也可以輕易跳到一百公尺的高度。以人類來說，就像一百歲的老婆婆可以輕盈地跳到圍牆上。這麼想，就會覺得很驚訝。

可可是所謂的玳瑁貓，是黑色條紋在茶色底色上以大理石狀延伸的散漫花樣。有副粗嗓子，不高興的時候大聲吼叫，大半的要求就能如願以償。年輕的時候擅長狩獵，每天都會抓麻雀、鴿子回來，把我和老婆搞得驚慌失措。

源藏是距今十年前我組樂團時的鼓手拜託我收養，帶來我家的黑黃虎紋貓。

那時候，他小到可以一手掌握，調皮得不得了。會打破花瓶，會在深夜從紙拉門的上框跳到正在睡覺的人的肚子上，名為「俯衝轟炸」；會突然全力奔馳，像猴子或金剛那樣大聲咆哮：「very cool！」跳到門框中央攀住，名為「cool running」。簡直是無惡不作，但可能是年輕時如此橫行霸道，所以現在變得十分穩重，成了很有威嚴的男人。

最年輕的NANA是去年的現在來到我家的貓。雖是女性，性格卻勇猛到不行，頗有女俠風範。連年輕時放蕩不羈的源藏，都老是被這個年紀小很多、又是女性的NANA痛毆，連滾帶爬地逃之夭夭。

貓的手軟趴趴，通常不會用手去抓東西，但NANA不知道為什麼雙手特別靈活，可以用手抓起球，再把球放到嘴巴。

花樣是白底、散布著黑黃虎紋，臉的上方是髮型的模樣。前腳的腳底有黃色蛤蠣般的圖案，嘴巴的地方有偷喝了咖啡般的圖案，看起來很有趣。

每隻貓都是隨處可見的雜種，不是寵物店販賣的那種貓，但都是跟我有緣而一起生活的有趣傢伙們。

寫到這裡，我目不轉睛地盯著NANA的臉，但無論如何都會想起名叫哈啾的貓，所以，在聊NANA之前，一定要先聊哈啾。老實說，這隻NANA長得很像以前在我家因白血病才一歲多就死去的哈啾。直到現在，我都會錯把NANA叫成哈啾，在聊哈啾時也會說成NANA，他們就是像到這種程度。

我暗自深信，NANA一定是哈啾的投胎轉世。

哈啾是平成十三年的九月，在路邊快虛弱而死的時候，被我救走，帶去了醫院，醫生說他感染了病毒性的白血病、病毒性的腹膜炎。有一陣子好轉，會在屋子裡跑來跑去，但平成十四年的三月，病情急轉直下。我們盡全力看護，哈啾自己也努力想活下去，但還是在四月二十一日死去，只活了十四個月。

他是非常可愛，而且勇敢堅強的一隻貓。他很愛玩，只有我或老婆在時，他會咬著繩子或棒子跳到我們膝上，纏著我們說：「跟我玩、跟我玩。」我們搖繩子，他就很開心地追著繩子玩。但有人來，他就會想「有客人在沒辦法」，馬上斷念，在紅色長椅上蜷成一團，靜靜地等客人離開。他的懂事令人心疼。更令人心疼的是，他不是住在我家，而是住在工作室。為什麼不帶他回家？因為我怕把感染病毒的哈啾帶回家，會傳染給可可和源藏。我不管什麼例假日、國定假日，每天早上都會帶著便當去工作，下午、晚上也都會待在工作室。但是，沒有人住的房子總是給人比較冰冷的感覺，有時中午回家吃飯，就會覺得空無一人的家也比工作室溫暖許多。

做完工作，關燈準備回家時，哈啾都會驚愕地張大眼睛，好像在說：「咦，你要回家了？」哈啾非常相信我們，認為我們不會做出回家這麼殘酷的事。

在哈啾快要不行的時候，我從家裡搬來了被褥，老婆住在工作室，我在家工作。

後來哈啾沒辦法自己進食，老婆就調製流質食物，強行灌食。哈啾討厭被灌食，全力抵抗，但抵抗的力氣最後變得很虛弱，我和老婆都好難過。最後他站不起來，一直躺在我和老婆中間，但撫摸他的喉嚨，他還是會開心地瞇起眼睛。

老婆說哈啾臨終前，自己曾對哈啾說：「你即使死了，也要在一個月內投胎轉世，我會再把你撿回來。」

哈啾與病魔作戰期間，我正好有絕不能分神的工作，又發生了這之外的種種其他問題，還要照顧哈啾，搞得我身心俱疲，但哈啾走了以後，我覺得那些事都不重要了。彷彿全身虛脫了，做什麼都提不起勁。

然而，日子還是要過。轉眼間，春去夏來。就在這個夏天也快結束的八月底的早晨，我一覺醒來，沒看到應該躺在我旁邊的老婆。跑哪兒去了呢？我正這麼想，就看到老婆蹲在廚房，盯著一個紙箱。

到底在做什麼呢？我訝異地望向紙箱，看到一隻巴掌大的貓，咪咪地嗚叫著。我問老婆怎麼回事？她告訴了我以下的經過。

晚上睡不著的她，凌晨五點突然想到要買東西，就跑去了便利超商。買完東西往回走時，有一對看似剛混完夜店要回家的男女，走在她十公尺遠的地方。

左前方有棟保健所的建築物。從夜店回家的男女，走過了那棟建築物的前面，就在輪到她要走過保健所前面時，聽見「喵嗚嗚」的叫喊聲。據她說，聲音大到連前面那對男女都驚訝地回過頭看。她停下腳步，又響起了「喵嗚嗚」的叫聲。她往聲音的來源望去，看到一個紙箱放在那裡。她心想一定是棄貓，趕緊跑過去打開蓋子。

還沒打開蓋子，叫聲聽起來就那麼大聲了，她想應該是很大隻的貓。沒想到裡面是一隻小小貓，只有巴掌大。小貓看到她的臉，又「喵嗚嗚」地叫起來，爬到她的手臂上。她想這樣丟著小貓不管，恐怕會被烏鴉襲擊，就把小貓抱回家了。途中，小貓緊緊攀住了她的手臂。

聽完她的話，我呵呵笑了起來，然後再仔細觀看小貓，不由得大吃一驚，因為貓毛

的花色簡直跟哈啾一模一樣。

但是，這個時候，我只想到兄弟或堂兄弟之類的關係。後來才漸漸覺得，她會不會就是哈啾。

巧手之宴

老婆在破曉時從路邊撿回來的貓，是白底混雜黑黃虎紋。那個混雜的模樣，譬如額頭看起來像髮型的地方等等，都跟四個月前病死的哈啾一模一樣。

但也有若干不同的地方，譬如她的嘴巴周圍，有一點一點的茶色圖案，像是偷喝咖啡時飛濺的咖啡沫。

看到這些點點，我更覺得這隻貓就是哈啾。

因為哈啾有其他貓沒有的嗜好，譬如喜歡喝酒、喜歡喝咖啡，就貓來說很稀奇。

在哈啾生活的我的工作室裡，除了工作用的桌子外，還有另一套木製的圓桌、椅子。工作告一段落時，我會在這裡喝咖啡，夜間也會在這裡喝酒。

我把酒倒入玻璃杯裡，心想：「呵呵，雖然工作還沒做完，可是又不是沒有明天了。以前不是有首歌說，明天的意思就是光明的一天嗎？」為自己的怠惰找藉口。正要喝的時候，一個白色身影躍過眼前。那是什麼呢？我定睛一看，居然是哈啾，他把鼻子塞進玻璃杯裡，正要喝裡面的酒。

跟貓一起喝酒，或許也別有樂趣吧。

「說自己是人類、人類，一副很了不起的樣子。明明臉上就沒毛，不要那麼跩嘛。偶爾餵我們吃龍蝦、鮑魚看看，我們也會玩握手遊戲啊。」如果貓喝醉了會這樣滔滔不絕地說醉話，想必也很有趣。但是，哈啾有病在身，酒和咖啡當然都對身體不好，所以我勸他：「不要喝酒。」把玻璃杯從他前面拿走。

也就是說，我認為NANA嘴邊會有像偷喝咖啡的茶色點點圖案，可能是因為哈啾在前世偷喝了咖啡。

不只是嘴邊有咖啡圖案，NANA平時也喜歡喝放在桌上的飲料。尤其喜歡裝在玻璃杯裡的水。只要我把氣泡水從寶特瓶倒到玻璃杯裡，NANA不管在哪裡做什麼，都會像發生了什麼大事般衝過來，把鼻子塞進玻璃杯裡。

這是哈啾和NANA稍微不同的地方，哈啾聽到我說不可以，就會嘻嘻笑著從桌子下來，跑去房間角落的紅色布面長椅式收納櫃上，或跑去藍色布面摺疊椅上，蜷縮成一團。

但NANA倔強到不行。

我勸阻她說：「妳又不喝礦泉水。」

她就說：「少囉唆，我說喝就喝。」把人的手推開，硬是把鼻子塞進玻璃杯裡。

我拿她沒轍，對她說：「既然妳這麼說，那就喝吧。」就不管她了。

因為是剛打開的天然氣泡礦泉水，氣泡嗶嗶啵啵爆開，噴到鼻子，她的整個鼻子都沾滿了泡泡。

貓的鼻子是靈敏的感覺器官，被噴滿泡泡當然很難受，NANA嚇得跳起來。

「看吧，我就說妳不能喝這種氣泡水嘛，不要喝了啦。」我給她忠告。

但好強的NANA說：「少囉唆，我早就知道是氣泡水了，只是突然被噴到有點嚇到而已。可是，這個玻璃杯裡的水太可惡了，居然敢把我NANA嚇成這樣。」

我看著她，心想：「妳要怎樣呢？」就看到她滿臉嚴肅，把手慢慢伸出來，伸到玻璃杯上面停下來，緊接著，拍打杯子裡的水。

總而言之，就是NANA的鼻子被噴得滿是泡泡，氣得拍水說：「真是的，你幹嘛啦！」但杯子裡的水不是一般的水，是添加了氣泡的水，所以她的手也滿是泡泡。NANA就像被放進洗澡水的小孩，嚇得把手縮回來。

但在縮回來的同時，她又憤怒地說：「不只鼻子，你還害我連手都沾滿了泡泡，我絕不饒你！」忍耐滿手的泡泡，揮出了好幾拳，直到把杯子擊倒，搞得那一帶都是水。

事情會變成這樣，也是因為NANA不是一般的好強。有多好強呢？譬如有事情不合她的意，她就馬上跟人家吵架。

而且，她的做法十分直接，就像人類會嗆聲說：「你瞪什麼瞪！」故意挑釁找碴。NANA不會嗆聲，而是突然把眼睛吊成三角形、張開雙手雙腳、張開血盆大口，擺出惡鬼般的模樣，撲向對方。

這時候，飛撲的對象沒有任何限制，包括有機物、無機物等所有不合她意的事物。

LLEGRINO

如前所述，裝著氣泡水的玻璃杯惹她生氣，她就撲向玻璃杯；掛著的西裝、外套惹她生氣，她就撲過去扯破。各位若是在哪兒遇見我，看到我穿著破破爛爛的外套，也請不要侮辱我。

她自己只有巴掌大，卻敢張開雙手雙腳，撲向比她大很多的源藏。那模樣就像小學生撲向相撲力士，被飛撲扭打的源藏，莫名其妙地挨一頓打，當然很生氣，但想到：「跟這麼小的對手來真的，萬一把她打傷了，自己反而會變成壞人。」就「嗚嗚嗚」地叫著，把耳朵貼平，擺低姿勢忍耐。

NANA更藉機發揮，為所欲為，簡直就像每打一拳、每踢一腳，就用可愛的口吻自己播報「揮拳」「踹踢」「攻擊」，那樣子跩得不得了。

實在忍不住的源藏，輕輕一出手，看情勢不對的NANA馬上把耳朵平貼、把肚子貼在地上，然後很快地小碎步奔跑，鑽進沙發底下。起初，藏頭不藏屁股，把長著尾巴的屁股露出來扭來扭去。沒多久，在沙發底下換個方向，這回露出一點點頭，歪著脖子，貓視眈眈地等待逆轉反攻的機會。

就像這樣，好強到不分對象的NANA，對神佛也一樣尋釁，我覺得這就有點太超過了。這裡說的神佛，是擺在我家各個地方的神像、佛像。我不是有強烈信仰的人，但會誠心地膜拜神佛。

理由非常現實且利己。跟我同年紀的男性，正在社會核心勤勞努力地工作，我卻到現在都還在做龐克歌手之類有的沒有的工作。可是，現在要我學習腳踏實地的工作，我也學不來。

既然這樣，能拜託的只有神佛了，所以，一有機會我就會膜拜神佛。況且，有很多造型精湛的佛像，當然，我不會拿真正的東西來裝飾，但會把神像、佛像裝飾在客廳的各個地方。NANA非常厭惡這些東西。

譬如，我的客廳正面掛著虛空藏菩薩、文殊菩薩的畫像。這兩幅畫像經常掉落。神佛掉到地上可是件大事，我慌忙掛回原來的地方，可是，沒多久又發現掉在地上。

說起來，神佛掉到地上算是凶兆，起初我有點害怕，以為自己被詛咒了。後來，看到NANA跳到很高的中國製衣櫃上，再從衣櫃往下跳，在眼看著就要墜落的狀態下用力穩住後腳、拚命伸長前腳，要打落畫像的樣子，我才知道自己不是被詛咒而稍微安心。

安心是安心了，但想不通NANA為什麼要這麼做。看她的表情非常認真，不得不把畫像掛到她搆不到的地方。

結果，布袋和尚成了NANA的下一個目標。

布袋和尚是高約一寸的可愛木雕，在類似廉價商店的地方以七個一套拋售，我就把他們買回來了。

總數七個，通常是七福神，但他們不知道為什麼是布袋和尚。各有不同的動作、表情，非常可愛。我把他們裝飾在正面有玻璃門的裝飾櫃上方，當我察覺時，數量已經減少到三人。

因為經歷過畫像的事，所以我猜是NANA幹的好事，就趴在地上找，果然看到布袋和尚躺在地上。私下告訴各位，我還有很多其他的事要做，沒有辦法二十四小時盯著布袋和尚，一天之中有幾個小時不在布袋和尚前面。

那個NANA沒有放過這樣的機會。

「嘻嘻嘻，平常不論我怎麼努力把布袋和尚打下來，都有個閒閒沒事幹的大叔在監視，馬上把布袋和尚放回去。難得那個人不在，我怎麼會錯過這樣的機會呢。」

NANA如此叫囂，笑嘻嘻地把布袋和尚打下來。

但是，我因為不在現場，發現布袋和尚不見時，已經過了很久。NANA不只是把布袋和尚打下來而已，打下來後，還會用手撥動布袋和尚轉著玩。這麼一來，要救回布袋和尚的可能性就很小了。實際上，在這種事重複發生之下，七個布袋和尚目前只剩下三個了。

而且，其中一個是長期下落不明，前幾天才在脫在玄關的鞋子裡找到，我真的很擔心至今還沒找到的四個布袋和尚的安危。

不過，我不得不讚嘆，NANA居然可以做到把布袋和尚塞進鞋子這麼縝密的事。但是，又覺得NANA應該辦得到，因為NANA這隻貓有雙巧手，巧到令人懷疑她是不是跟猴子的混血。

譬如，貓要把掉落地上的東西咬起來時，通常會怎麼做呢？當然是直接用嘴巴咬起來。經我觀察，可可和源藏都是這樣。

然而觀察NANA時，發現她是先用軟趴趴的手把東西撿起來，放到嘴巴，再用嘴巴啣著。

另外，不管什麼貓，還是小貓時都很愛玩，看到繩子、棒子之類的東西在眼前晃來晃去，就會興奮地飛撲過去。

尤其是揮舞逗貓棒，更是會狂喜地飛撲過來。

NANA也不例外，特別喜歡這個東西。我非常忙碌，所以一天只有四個小時可以揮舞。但為了讓她開心，我會盡可能地揮舞。

不過，她飛撲過來，就馬上讓她抓到，也太無趣了。我會在她鼻子前面晃一下，等她興奮地飛撲過來，就快抓到逗貓棒的瞬間，把棒子拉高，或是藏到身體的背後，快速地移動棒子，吊她的胃口。

就在以為當然捕到了、抓住了的瞬間，棒子突然不見了，NANA會露出驚訝到不行的表情。

當我又在她鼻子前面快速搖晃棒子時，她發覺自己被耍了、被戲弄了，就會擺出憤怒的凶惡模樣，放低姿勢、貼平耳朵、鎖定目標，然後很快地左右甩動屁股，以破竹之勢再次飛撲過來。但是，我還不打算把棒子給她，以零點一秒之差移動棒子。結果，因為飛撲力道過強而衝到另一邊的NANA，不知道在想什麼，突然舔起了身上的毛。

但那並不是放棄了，而是解除對方戒心的作戰。這次她沒有甩動屁股，就直接飛撲過來。

這樣的事一再重複，真的被惹毛的NANA就會亢奮到極點，張開血盆大口，從沙發上面飛撲而來。這時候，NANA會像在半空中游泳的人，把雙手向前伸，上下啪噠啪噠揮動地飛過來，那模樣像極了卡通裡面的動物。

我想她是因為太想抓到棒子，不自覺地擺出了那樣的姿勢，但由此可見，她動不動就想使用她的雙手。

我想或許改天可以教她彈吉他。不過，我還真沒見過像她這樣使用雙手的貓，於是對她說：「我從來沒見過像妳這樣的貓，有這麼靈活的雙手。」

她「呵呵」笑著，一副有事要辦的樣子，走向走廊，用軟趴趴的手把掉在地上的酒瓶軟木塞撿起來，放到嘴巴啣著，回頭對我「嘻嘻」一笑。

伊拉克攻擊・手錶泡水

我的貓各有各的拿手技能。

如前所述，源藏的拿手技能是「cool running」和「俯衝轟炸」。「cool running」是沒有任何前兆，突然全速開跑，像攀住樹幹的無尾熊那樣，攀在門框中央，大叫「very cool」的粗暴技能。因為源藏這個「cool running」的關係，我家的門框和周邊壁紙都破破爛爛。我很想對他說不要再這麼做了，但是，除此之外，源藏還有「俯衝轟炸」的危險技能，就是在深夜從紙拉門的上框或衣櫃跳到正在睡覺的人的肚子上，被轟炸的人搞不好會死掉，所以我不敢採取強硬的態度。

可可年輕的時候熱中狩獵，會把鴿子、麻雀抓回來，對我們造成很大的威脅。我們不止一次、兩次把瀕死的麻雀救活放走。現在她超過百歲，當然不會再做那種事了，只會在平穩的生活中，回憶年輕時太過激烈的行動。

這樣說來，現在過得最充實、擁有最多技能、最多興趣的，應該是最年輕的NANA。實際上，NANA也真的擁有多采多姿的拿手技能，最具代表性的是「伊拉克攻擊」。

「伊拉克攻擊」是怎麼樣的攻擊呢？就是有人向前走時，她就從背後衝過去，飛撲到那個人的腰部位置，用銳利的爪子一抓，就如脫兔般飛速跑走。

這個「伊拉克攻擊」只是轉眼間的事，所以，被攻擊的人都是一時搞不清楚發生了什麼事，只能慘叫著「好痛好痛」，當場蹲下來。過了一會兒，忍著疼痛環視周遭，想知道發生什麼事，就看到NANA站在窗簾旁，張大眼睛，可疑地望著這邊。這已經可以說是很恐怖的技能，但NANA還有更恐怖的技能，名為「背部攀爬」。

就是字面的意思，同樣是在有人面向前方佇立時，從背後躡手躡腳地靠近，突然飛撲到腰部位置，再直接從背部衝到肩膀，得意洋洋地聚攏前腳，一屁股坐下來。

往上衝的時候，當然會用到銳利的爪子。在大多穿T恤的夏天，爪子一定會嵌入肉

裡，引發一陣劇痛。

被攻擊的人，會「哇啊啊」地慘叫，但貿然出手撥掉她，以貓的習性絕不會輕易放棄，反而會用爪子抓住背部懸掛在半空中，這麼一來爪子會嵌入得更深，所以要馬上彎腰，不要讓她有機會懸掛在背上。

跳到背上的NANA會越來越得意。哭著彎下腰來的人，正好與在背上洋洋得意的NANA成對比，看起來很好笑。我自己被攻擊時會哭出來，但看到別人被攻擊時會大笑。

今年夏天，我想到了對抗這個技能的防禦技術。那就是在察覺NANA要飛撲到背部的瞬間，把身體像蝦子一樣往後彎，這樣身上的衣服就會鬆垮，在衣服與背部之間形成空隙，NANA的手沒地方可抓，就會墜落，不甘心地走開。

歷經血淋淋的磨練後，終於悟出這個祕技的我，不由得暗叫「我贏了」，但總覺得自己好像還有其他更重要的事要做，也是不爭的事實。

除了拿手技能之外，NANA還有很多興趣。

其中最令我困擾的是「手錶泡水」。有一天，我外出回來，脫掉手錶，不小心放在桌子上，不知道什麼時候就不見了。我到處找，好不容易才找到，手錶沉在用來給貓喝水的水盆裡。

我覺得很疑惑，誰會為了什麼這麼做呢？過了一會兒，我又外出回來，把手錶脫掉放在桌子上，就看到NANA從對面跑過來，跳到桌子上，好像在說：「不好了、不好了，有手錶放在這種地方，要趕快放進水裡。」啣著手錶，跑向裝水的水盆那裡。

被我硬生生攔住的NANA，大為不滿，氣沖沖地說：「手錶一定要沉入水裡才行啊。」

那之後，我絕不輕易把手錶擺在桌子上，但還是有兩次不小心，被沉入了水裡。我完全搞不懂她為什麼要這麼做。

死鬥

可可今年二十歲，以人類來說，確實超過了一百歲，所以我盡可能實現她的願望。

我這麼說，或許有人會擔心：「可是，對方不是貓嗎？你又聽不懂她在說什麼，怎麼實現她的願望？」放心吧，跟貓一起生活將近二十年，就能交談到某種程度了。

譬如，下雨的早晨，我醒來，走進客廳。可可看到我，就會「哇喵喵」地吼叫，她是在對我說：

「雨天的溼度高，毛會潮溼，很不舒服。而且，因為氣壓的關係，身體也會出問題，所以，你馬上讓雨停下來。」

我很想盡可能實現她的願望，但沒辦法讓雨停下來，只好向她說明：

「嗯，這些我都知道，但我沒辦法讓雨停下來，因為我不是弘法大師。」

可是可可不能接受我的說法。

「我當然知道你不是弘法大師，你是町田吧？」

「是的，我是町田。」

「看，我沒說錯吧？我就是叫你這個町田讓雨停下來。」

「哦，可是，下雨是自然現象，不能靠人力下雨或讓雨停下來。」

「可是，我的毛會潮溼，很不舒服。」

「嗯，可是，做不到的事就是做不到。」

聽到我這麼說，可可靜默下來，張大眼睛注視著我。被她這樣盯著，我就覺得不能讓雨停下來是天大的罪孽，不由得向她道歉：

「對不起，我不能讓雨停下來。」

除此之外，可可也會提出其他的要求，譬如「讓我坐在你膝上。」「給我飯吃。」「沒水了。」「我好冷，你想想辦法。」「要用頭推開蓋在電暖爐桌上的棉被，才能鑽進電暖爐桌底下，太麻煩了，你幫我掀起來。」

可可還會說：「不要丟下我一個人，自己去臥室。」

但是，太晚回來，很想睡的時候，我經常無法實現她這樣的願望。

只要可可進來臥室睡覺，就可以解決這個問題。可是，可可絕對不進來臥室。

很久以前，我進臥室，可可就會跟著進來，在床下蜷成一團睡覺。但是，從某個時候，因為跟源藏之間起了爭執，就不再進來了。

不知道為什麼，源藏什麼東西都要占為己有才肯罷休，是性格很刻薄的貓。譬如，貓用的籃子，我也給他們各買了一個，源藏卻堅持說兩個都是他的，不肯退讓。有他之外的人進入籃子，他就會跑過去，一直打那個人，直到把那個人打出去。

可可天生不喜歡爭奪，完全不想為了進去那種地方而戰，因此會衝出來，跑去其他地方。

但並非心甘情願地出來，所以還是會來向我抱怨。

「喂，源藏不講道理，用暴力把我轟出來，你就不能想想辦法嗎？」

於是，我對源藏說：

「源藏，你不可以這麼不講道理，用暴力把可可轟出來。還有，不可以那麼貪婪，說所有的東西都是你的。」

可是，源藏露出冥頑不靈的表情，把臉別開，唱起電視卡通《老虎假面》的片尾曲〈孤兒敘事曲〉：「在沒有人類溫情、沒有動人的熱淚中成長的我，是個孤兒。」假裝沒聽見我說話。

這樣的源藏，當然也把臥室當成屬於自己一個人的地方，可可一進來，就說：「這是我的臥室！」對可可施暴，又踢又打。這種事一而再、再而三地發生，可可厭倦了，就再也不進臥室。

對可可來說這是災難，但源藏的刻薄卻隨著年齡增長，越來越嚴重。正當我為此煩惱不已時，又有了新的問題。

那就是NANA與源藏之間的爭執。可可面對什麼東西不占為己有就不肯罷休的源藏，向來秉持好漢不吃眼前虧的原則，貫徹非暴力主義，不理睬在貓籃子裡竭盡全力哼哼吼叫的源藏。

但是，出現了膽敢頂撞他的人。

那就是NANA。

我在前面也說過，NANA的個性非常強悍。譬如，大部分的貓被撫摸頭或喉嚨，都會瞇起眼睛，開心地發出咕嚕咕嚕的嗚叫聲。但是，要撫摸NANA非常困難。因為不管誰出現在眼前，都先痛打一頓，是NANA的生存原則。

對她說：「妳好聰明啊。」要摸她的頭，她就會把眼睛吊成三角形，張開血盆大口說：「哪裡聰明了?笨蛋！」揮拳打人。

這麼凶悍的NANA，東西被源藏占為己有，當然不可能保持沉默。

當源藏傲然待在貓籃子裡時，NANA會對他張開雙手雙腳、半站起來，撲過去打他。

起初，對於只有巴掌大的NANA撲過來打自己，源藏也很困擾，不敢用力打回去。但是，NANA長得很快，現在跟可可差不多大了，源藏不甘心老是挨打，開始認真地應戰。

當然，源藏的身體還是比NANA大很多，源藏與NANA互鬥的模樣，就像大關[9]與幕下力士[10]的組合。從正面攻擊，NANA絕對不堪一擊。但NANA也不是省油的燈，不會從正面攻擊，而是快速地晃來晃去移動，撲向源藏，毆打他的鼻頭。挨打的源藏很生氣，但只是用懶洋洋的遲緩動作打了NANA的頭。

好像在說：「喂，不要再打啦。」

瞬間，NANA像被煙燻到似的，又像突然被潑了水似的，細瞇起眼睛，平貼著耳朵，接住了源藏那一拳。但是，NANA才不會被那麼遲緩的拳頭嚇到。她又不斷揮出快拳，打在源藏的臉上。

這回，源藏怒氣沖天地說：「真的把我惹火了！」

這時候，有趣的是源藏的臉。源藏一生氣，額頭地方的毛就會像屋簷那樣凸出去，很像梳了飛機頭。眼睛會明顯地吊起來，整張臉也會僵硬得像顆拳頭。然而，那張像拳頭般憤怒的臉，卻梳了個飛機頭，看起來真的很好笑。

但他本人很嚴肅。

「我再也受不了了，我要殺了妳。」源藏從籃子站起來，要把NANA狠狠地揍一頓。嗅到這股味道的NANA，火速跳開，躲在桌腳後面偷偷窺視源藏的模樣。也就是說，NANA採取了打帶跑的戰略。

可是，源藏不能去追她。

因為他好不容易把可可趕走，占據了籃子，捨不得放棄。

NANA在桌腳後面探頭探腦。源藏滿臉不安地觀望NANA的動靜，最後判斷她應該不會再發動攻擊，才又在籃子裡趴了下來。

然而，NANA並沒有放棄。源藏一趴下來，她就立刻從桌腳後面如脫兔般衝出來，長驅直入，撲向源藏，前腳抱住他的頭，用後腳猛踢他的肚子。

源藏就那樣任憑她踢了好一會兒，才用力把她甩開，怒吼一聲：「不要太過分

9　相撲中的一流選手。
10　相撲中的二流選手。

了！」往NANA的頭狠狠打了一拳。「砰」的一聲，好大聲。

於是，NANA又開始狂奔，把頭鑽進了地毯下面。地毯像土撥鼠經過般隆起一塊，源藏看傻了眼。在地毯下面鑽來鑽去的NANA，過了好一會兒才把頭探出地毯外，窺視源藏的動靜，再次撲向了擺出一張臭臉看著自己的源藏。

NANA不停地重複這樣的游擊戰術。

源藏被她煩死了，終於忍不住說：「妳動不動就來打我一下，我真的要跟妳打，妳就一溜煙地逃走。一次又一次重複這樣的事，誰受得了啊！」從籃子裡走了出來。走到玄關，擺出拳頭似的臉，唱起了〈孤兒的敘事曲〉。

可憐的源藏。NANA走進籃子裡，「哇哈哈」地笑了起來。我只能看著她那個樣子，什麼也不能做，好無力。

稿子這種愚蠢的東西

人類這種生物很有趣，把浩浩蕩蕩流逝的時間中的某一點稱為元旦，自己開心得不得了。而貓不論在元旦或除夕，都像平常一樣淡定地過日子，那副從容自在的模樣，就像個大徹大悟的高僧。

但是，修行還不夠的人類做不到，必須在元旦或除夕吃大餐、喝酒。不是酒喝太多臉色發白，就是大餐吃太多必須吞胃散。

或是穿上很好的和服，去寺廟參拜。在擁擠的人潮裡，費盡千辛萬苦，走得東倒西歪。當然，也不是因為虔誠才去參拜，而是因為過年要穿新衣，既然穿了新衣就會想去個什麼地方，又沒有特別要去的地方，乾脆就去參拜了，如此而已。

看在貓的眼裡，說不定連衣服這種東西都很詭異。因為貓有自己的毛皮，不需要穿那種東西。但人類沒有毛皮，所以不得不穿著衣服走路。

尤其是冬天，冷到必須穿上羽絨衣，就是塞滿羽毛像棉被那樣的衣服。穿得圓滾滾地走路，看起來很笨重。人類這種生物，活得比貓還不方便。不過，衣服還有這種實用目的之外的目的，那就是為了面子與虛榮心。

若只是為了避寒，大可把坐墊捆在肚子上、把毛毯纏在腰上，再用粗繩綁緊了走路。相反地，熱的時候大可脫光了走路。

不能這麼做，是因為人類的面子與虛榮心，都希望可以穿著好衣服、提著好包包走在路上，讓世人稱讚：「喔，那個人看起來很不錯呢。」

聽到我這麼說，會有人反駁：「哦，不，很難說吧？人類不是那麼單純的生物。」很抱歉，這樣的反駁是錯的。人類其實是很單純的生物，譬如說，以前我去都心的飯店參加某個聚會時，就遇過這麼單純的事。

那時候，我開自家轎車去飯店。這家飯店等級很高，但頗有歷史，所以停車場不大，有穿著制服的指揮人員。我開車進去時，指揮人員一副「你來做什麼」的氣勢，從

頭到尾都用凶巴巴的語氣跟我說話，然後把下巴指向必須打好幾次方向盤才能停進去的狹窄空間，就傲慢地走開了。

當我一次又一次打著方向盤，辛辛苦苦地停車時，又進來了一輛車。但指揮人員的態度一百八十度大轉變，不停地點頭哈腰，以卑屈的態度，親自小跑步帶領那輛車到寬敞的停車空間。

為什麼會這樣呢？因為我的車是平成元年式的破破爛爛的國產大眾車，而後來進來的那輛車，是最新式的閃閃發亮的高級進口車。

由此可見，人類就是這麼單純。那之後，我會努力修飾自己的外表。在衣著方面，會留意盡可能穿著俐落大方的衣服，有時稍微超出經濟能力範圍也要買好一點的衣服。

這全都是人類的面子問題、虛榮心。因為一心想向他人炫耀，想讓他人說：「那個人很有品味呢。」所以採取了那樣的行動。

但是，可可和NANA無法理解這種事。

我在前面說過，我的臥室是源藏的地盤，但最近出現了變化，因為有新興勢力，亦即NANA進來了。源藏當然不可能默許，所以連續好幾天，到了深夜，NANA與源藏就會在臥室展開死鬥。

不巧的是，臥室的衣帽架上，掛著我為了提升人格評價而購買的昂貴西裝與外套。啪噠啪噠是他們相互追逐的聲音；喵嗚是源藏的屁股被咬到的聲音。為什麼我躺在在黑暗中，還能辨識聲音呢？因為聽到不太正常的劈里啪啦聲，我慌忙跳起來打開燈，就看到被NANA追到進退維谷的源藏，逃到了衣帽架上。我暗想不會吧？仔細一看，果不其然，源藏逃上去時，是用爪子攀住掛在衣帽架上的西裝爬上去的，西裝的袖子上點點散布著源藏的粗大爪痕。

「源藏，可不可以不要攀爬昂貴的西裝？」我才這麼無力地說完，源藏就又把爪子伸向另一件西裝，從衣帽架衝下來，這次留下了很大的鉤狀裂痕。想到今後，我的人格評價可能會降到最低，到了飯店依然要不斷地打方向盤，不禁在深夜的臥室悲從中來。看到我這樣子，NANA突然發動伊拉克攻擊，跑出臥室外，又在客廳展開把可可也捲進去的死鬥。

攀爬昂貴西裝、製造鉤狀裂痕，可以說已經成了源藏的興趣，但我還是曾經試著說服源藏。

我對源藏說：「你那麼想攀爬衣服，那就爬沒關係。可是，能不能請你攀爬便服呢？我無法忍受你攀爬昂貴的西裝或外套。」

源藏的臉像是揚起嘴角笑著聽我說話，所以，我判斷他應該聽進去了。因為有事要外出，所以我打開衣櫥拿外套，就在這時候，源藏衝過來，把七公斤重的身體懸掛在外套的袖子上，把外套的袖子扯裂後，喵地叫了一聲。

我的說服以破裂告終。

奇怪的是，衣櫥裡有貴的衣服，也有便宜的衣服。真要算起來，便宜的衣服還比較多。如果源藏每次都是想到就隨便撲飛，那麼，應該是有時撲向貴的衣服，有時撲向便宜的衣服。

然而，源藏一定是撲向昂貴的衣服，對便宜的衣服不屑一顧。那麼，不管怎麼想，源藏都是明知故犯，故意撲向昂貴的衣服。所以，我的說服會以破裂告終也是理所當

然。不過，源藏為什麼要做這麼惡劣的事呢？

就源藏來說，或許有他自己的理由。

譬如說，同樣都要飛撲上去，便宜的衣服爪子不好抓，昂貴的衣服抓起來就好抓多了，諸如這般的理由。

或者純粹只是為了整我？如果是，我就該嚴厲地訓斥他，可是，我也沒辦法這麼做。因為太嚴厲訓斥他，他就會去沒有人的走廊，對著牆壁唱〈孤兒的敘事曲〉來刺激我。

仔細回想，我總覺得不只源藏，似乎所有的貓都有一種機能，就是在瞬間察覺人類最珍惜的東西或全神貫注的事情。

譬如，我攤開報紙閱讀，可可就一定會過來，坐在報紙上，從容地擺出母雞蹲的姿勢，窩在那裡不動。而且，坐在看不看都無所謂的報導上也還好，偏偏都故意趴在我想看的報導上，得意洋洋地啪嗒啪嗒甩著尾巴。

或者，我在看書的時候也是這樣。當我躺在沙發上看書，可可就會過來，把小小的頭鑽進書與我的臉之間，最後乾脆坐在我的胸口上，發出咕嚕咕嚕的鳴叫聲。

書被可可遮住，完全沒辦法看。

總覺得她就是敏銳地察覺到，我正全神貫注在書本上，才會走過來的。也或許是如淋浴般浸淫在人類全神貫注於某一點的意識裡，貓會覺得很舒服吧？

但是，更會強烈阻撓的是NANA。連我看個報紙，NANA的阻撓方式都不是普通強烈。有一次，我怕在地上或桌上攤開報紙，可可會趴在報紙上，所以把報紙攤開拿在手上看。突然，響起啪哩啪哩的聲音，報紙就破裂了。原來是NANA在前面用身體撞報紙。我驚訝地問：「為什麼做這麼粗暴的事？」她那張臉好像在說：「因為你在做閱讀文字這種蠢事，所以我要制止你。」把破破爛爛的報紙咬碎，一副流氓樣甩著頭。

沒錯，對貓來說，閱讀文字或許是蠢到不能再蠢的行為。有那種時間，還不如睡個午覺或去掛在昂貴的衣服上面。

因此，對NANA來說，寫字似乎是更不可原諒的愚蠢行為。我是文字工作者這件事，我死命地瞞著NANA，一瞞再瞞，從來不在家裡工作。但是，有一次為了趕截稿，不得不在家工作，被NANA罵到臭頭。

我在矮腳桌上攤開稿紙，大概寫了兩、三張左右吧，忽然經過的NANA勃然大怒，跳到矮腳桌上，抓起稿紙，揉成一團，撥到地上，再用爪子和牙齒把稿紙撕得粉碎。

我向NANA道歉說：「對不起，我不該做寫字這種蠢事。」NANA說：「不要再做這種事了。」說完便走向了走廊。

誠心反省的我，把破破爛爛的稿紙扔進垃圾桶，喝清酒喝到醉就睡著了。

稿子最終還是沒寫完，後來被編輯罵，我辯解說：「其實是貓……」不料編輯更生氣地罵我說：「不要怪到別人身上！」

可可的評論

可可以前是精悍的貓，也十分擅長狩獵，會在外面活躍地趴趴走。因為沒有親眼看到，所以不能說絕對是這樣，但我猜想，她在這一帶一定很有威嚴，附近的貓都敬她三分。那個時候，源藏沒有半點志氣，經常被住在附近的厲害虎斑貓攔住毆打。

如果可可正好在那時候經過，就會展現赫赫威勢。

「喂，虎斑貓。」

「啊，這不是可可大姊嗎？」

「你闖出了名聲呢。」

「哎呀，讓大姊見笑了。」

「那是無所謂，但能不能請你放過這個年輕人？」

「是，妳是說這傢伙嗎？是，既然大姊開口了，我就放過他。喂，年輕人，這一帶全都是可可大姊的地盤，外來的人不可以大剌剌地走在這裡。好了，你走吧。」

「虎斑貓，你是看在我可可的面子上饒了他吧？謝謝你。」

「別這樣，可可大姊為什麼這麼客氣呢？」

「虎斑貓，你欺負的這個年輕人，名叫源藏，是四、五天前來到我家的家人。」

「咦，這傢伙？啊，不，這位先生是可可大姊的家人？哎呀哎呀，雖說不知者無罪，但真的是大大冒犯了，請妳原諒。」

「雖然他前腳長那樣，尾巴又粗。」

「真的很抱歉。」

「算了，不知道也沒辦法。不過，現在你知道這個源藏是我的家人了，如果再咬他、抓他，我絕不饒你。」

「是，那當然。」

有句話說狐假虎威，源藏也假可可之威，在附近橫行霸道，不是從燒烤店偷走肉丸子，就是從雜糧點心店偷走巧克力慕斯，把壞事做盡了。但他不了解真正的砍砍殺殺的世界，所以欠缺臨危不亂的沉穩。現在會被NANA追著打，窩囊地四處逃竄，也算是因果報應吧。

可可年輕、精力旺盛的時候，我也還很年輕、精力旺盛——我很想這麼說，然而，我顯然比她差勁多了，沒職業、沒錢、遠遠逃開泡沫經濟正繁榮的世間，默默地寫著沒有地方可以發表的詩詞。

當整個世界熱鬧哄哄，庶民沉迷於美食、狂買名牌，ＯＬ每到夜晚就半裸地扭著腰跳舞時，說實話，窩在家裡寫詩的人是大笨蛋，根本不可能有任何發展。

想必可可也因此吃盡了苦頭。因為在貓的世界，飼主過怎麼樣的生活，會影響到貓在貓社會的地位。

我這麼說，或許會有人提出懷疑，說：「沒那種事吧？」所以我要稍微解釋一下。看過夏目漱石的《我是貓》，就會知道真有其事。主角「我」是一名老師的貓，因此，住在附近的美女貓三毛子，都稱他為老師，對他尊敬有加。

相較之下，可可怎麼樣呢？表面上，大家尊稱她為「可可大姊」，但背地裡一定都在說她的壞話。譬如：

「可可大姊還不差，但她家主人就不怎麼樣了。」「沒錯沒錯，那傢伙什麼東西嘛，總是喝酒喝得臉色發白，像被風吹著走似的，走得東倒西歪，到底是幹哪一行的？」「好像是在寫詩詞之類的東西。」「什麼？什麼詩詞？」「好像是在紙上發牢騷，寫肚子很餓啦、沒錢很丟臉啦之類的話。」「做那種事有什麼用呢？肚子會飽嗎？」「當然不會飽啊，太愚蠢了。」「那麼，為什麼要做那種事？」「因為笨啊。」「原來是個笨蛋啊，可可大姊再怎麼威風，飼主那麼笨也是沒轍。」

可可是隻聰明的貓，不會不知道大家在背後這樣說三道四。所以，有時候可可會用黑色的圓圓大眼望著我看，那個表情好像在說：「你是不是該找個正職，過穩定的生活了？」不過，那也已經是十五年前的事了。可可現在二十一歲，以人類來說大約一百二十歲，卻依然精力充沛，我真的很感恩。

對了，可可為什麼叫可可，是因為她全身布滿可可捲起漩渦般的圖案。不過，可可是一隻不幸的貓。

怎麼樣不幸呢？可可有五個兄弟姊妹——牛奶、卡爾必斯、小桃、洋子、MIRUMIRU。兄弟姊妹各個人如其名，都是沒有任何雜質的純白貓。人們看到他們五人，都會發出「哇，好漂亮！」的讚嘆聲，看到可可就會說「花色好奇怪」或「好醜」。

還有人把她形容成戴著盔甲的逃亡武士。

如果是人類，在這樣被拿來跟成績優秀、眉清目秀的兄姊做比較的環境下成長，通常會成為文學家。因為老是躲在眾人背後的人，與總是演出主角的人不一樣，自然會培養出觀察者的視野。

被說「哇，好可愛！」的卡爾必斯等人，會想：「呵呵，我這麼可愛啊？」因此沾沾自喜，不會去觀察對方。

反之，被說成逃亡武士而不受歡迎的可可，知道那些人說可愛只是嘴巴說說而已，若是貓想：「那麼，更疼愛我一些吧，呵呵呵。」要爬到對方膝上，對方就會說：「討厭啦，我的衣服會沾到貓毛。」冷酷地把貓趕走。

就這樣，她躲在可可的圖案背後，張大烏黑的眼睛，觀察這個世界二十多年了。可可成為非常聰明的貓，從她的眼睛可以看到十分透澈的思考。

譬如，在NANA來之前，我是在家工作，然而，在人類面對鍵盤時過來阻礙，就像是貓的工作，源藏和可可也都會過來阻礙。不過，可可與源藏在動機上似乎有所差別。

源藏是亂阻礙一通。

他只會說：「哇哈哈，町田坐在那裡不動呢。一直坐在那裡不動，表示很閒，那我就陪他玩玩吧。哇哈哈，坐在這個凹凹凸凸的長方形上面很好玩呢。這個畫面會出現ね（NE）る（RU）るるるるるるるるるるるる的文字。而且，用來磨爪子剛剛好。哇哈哈，來磨磨爪子。啊，一顆顆掉下來了。」我只能尖叫：「住手！」把源藏趕走，撿起散落一地的按鍵，覺得自己很沒用。

但可可不一樣，她有卓越的洞察力，所以不只是阻礙而已，還會做出英明的批判。

「喲，寫得很不錯呢。寫得好是好，但表現手法太表面化也太膚淺，完全無法打動人心。譬如，你正在寫的這個場面，主角正在吃柳葉魚，但感覺柳葉魚一點都不好吃。因為你沒有描述柳葉魚的事，盡是描述不值得一提的內心戲。另外，在你的設定中，主角有養貓，那隻貓又會怎麼樣呢？主角在烤柳葉魚，貓怎麼可能不察覺呢。貓會從紙拉門後面小碎步跑出來，說分我一點柳葉魚吧。然後，主角會把柳葉魚分給貓嗎？或者捨不得自己的配菜會減少，所以不分給貓呢？要寫就要寫這種重要的事，不要描述那種無聊的內心戲。老實說，對他的貓來說，比起他在公司的立場如何如何，現在能不能要到柳葉魚更是攸關生死的問題。摒棄這一段不寫，叫什麼文學呢？對了，剛才你吃剖開曬乾的竹筴魚時，連一點點都沒分給我，一個人吃光了。這種自私自利的人，寫不出什麼好的文學吧？」

表情像是在這麼對我說的可可，用烏黑的眼睛凝視著我，在鍵盤上擺出了母雞蹲的姿勢。

總不能只聽她罵，所以我也反駁說：「才不是呢，我是想太鹹或太油的東西對妳的健康不好，所以……」

但我內心完全沒有捨不得的想法嗎？其實多少還是有一點，所以沒辦法強烈反駁，最後還是被說得啞口無言。真的很丟臉。

煩惱的破壞

跟貓一起生活久了，就會深切體悟到人類是煩惱很多的生物。所謂煩惱，是人心的動作，會成為困擾、痛苦的因素。

譬如，人類有所謂的嫉妒心。

看到別人活得比自己好，或是獲得比自己更高的評價，心裡就會產生嫉妒的情感。貓就不會這樣。譬如，NANA目睹源藏正在吃很好的飯，若是人類，就會大大嫉妒：「那傢伙的生活過得比我好。」但NANA不會嫉妒，她只會從背後悄悄靠近源藏，對著他的頭部使出金臂勾攻擊，搶走他的飯，如此而已。

或者，也可以說，想狼吞虎嚥美食這樣的欲望，就是她的煩惱。

貓也有欲望。很多時候，欲望往往不能被滿足。這種時候，貓會不會痛苦呢？不，一點都不痛苦。

因為貓有神祕法術，可以把不愉快的事當成沒發生過。

究竟怎麼樣才能做到這種彷彿擁有超能力的事？做法其實很簡單，就是快步離開發生不愉快的事的地方，跑到幾公尺遠的地方停下來，開始舔背、舔手腳。

光這麼做，剛剛發生的不愉快的事，在貓體內就成為不曾發生過的事了。

我也曾經學貓那麼做。

為了工作的事，我在飯店的休息室跟某人見面，被說了很多不好聽的話，害我非常鬱卒。再也受不了的時候，我先說聲：「失陪一下。」就站起來，跑到柱子後面，想要舔自己的背。可是，人類跟貓不一樣，身體很硬，舌頭沒辦法舔到背部。

我翻著白眼努力想舔到時，有個飯店人員經過，問我：「您不舒服嗎？」

我回答：「嗯，有點不舒服。」

「那可糟了，我幫您請醫生來。」

「還沒糟到那種地步，我只是舌頭搆不到。對不起，可不可以麻煩你幫我舔背？」

我這麼拜託，結果被誤會是怪人，引發了一陣騷動。我花了很長的時間，才讓他們了解我不是可疑人物。

困擾人類的煩惱中，最麻煩的就是面子和虛榮心。

貓實在無法理解人類為什麼要做那種事。譬如，就某種意義來說，房子也是一種虛榮心的表現。

俗話說「站著半張，躺著一張」，意思是即便家有千張榻榻米，睡覺時也只用得著一張。所以，人類根本不需要搬進那麼大的房子。

時時都想搬進大房子，是因為人類的面子和虛榮心。大房子貴，所以能搬進去的人有限，可以大大滿足人類的虛榮心。擁有別人沒有的東西，就很有面子。

然而，搬進了大房子，還是不能安心。不管搬進多大的房子，如果榻榻米破舊、屏風有破洞、拉門紙破掉下垂，還是一樣沒有面子。

大房子也要精心設計，需要時尚的家具、窗簾和庭院的景觀。做面子真的很累，既然這麼累，不要做不就行了？但這就是煩惱恐怖的地方，很難不那麼做。

我家絕不是大房子。所以，是中型房子嗎？也不是。那麼，是怎麼樣的房子呢？老實說，是很小的房子，小到完全沒有面子。所以，我是完全不做面子，跟貓一樣天真地活著嗎？不，絕不是那樣，相反地，不能靠大房子來做面子，就越想在裝潢上做面子，勉強買了很多很多的椅子、地毯。

不過，可可很熱心，以身教讓我知道，我們人類無聊的面子、煩惱是多麼沒有意義。

為了滿足人類的虛榮心，把家裡裝潢到稍有時尚感的狀態，具體來說是怎麼樣的做法呢？就是以一種價值觀來統一整個家。

通常，人類生活的家，裡面會有雜七雜八的東西。有枕頭、眼鏡、烤魚網、煎餅、橘子醋、牙刷、吸塵器、盆栽、軍用手套、調味料、PS2遊戲機、量角器、搭褳、球拍、燈泡等等，稍微隨便舉個例，就有這麼多雜七雜八的東西。

橘子醋和量角器之間，有什麼關連呢？沒有任何關連。像這樣，沒有關連的東西住在一起，就是家裡面的模樣。但是，把看不出彼此有關連的東西擺在一起，看起來就是不美觀。

不相信的話，各位可以試試看，在牆上用來裝飾的畫作旁邊掛上烤魚網或鏟子、在陳列著香水瓶的架子上擺上橘子醋或烤肉醬。再好的畫看起來也不好看，再貴的香水看起來也一定像便宜貨。

反過來說，若是想裝潢出很有面子、稍有時尚感的房子，只要把那些隨便放就會因不統一而顯得雜亂的種種東西，以某種價值觀加以統一，就能裝潢出稍有時尚感、滿足虛榮心的房子。

其中最簡單的方法，就是決定成為基本色調的顏色。大部分的裝潢設計書籍，都會提到要先決定主色調的顏色。

沒有經濟能力搬進大房子，也想在小房子做做面子的我，當然也試著用某種價值去統一了那些原本七零八落的東西。但是，所謂的價值觀，換句話說就是品味、美感，對什麼事都反應遲鈍的我，怎麼可能有品味呢，最多最多只能想到做成和風或洋風。

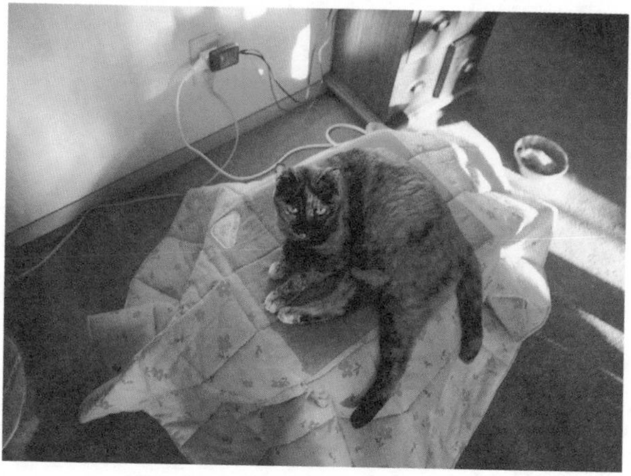

縱然如此，我還是覺得做總比不做好，決定把房子統一成洋風，因為房子裡已經有桌子和椅子了。

我把燈和窗簾都做成洋風，顏色配合原本舊有的桌子，統一採用濃濃古典風味的茶色。買了便宜的花瓶和便宜的畫，把團扇、電暖爐桌、竹簾丟掉。還做了其他種種微調，把房子統一成洋風。

我自己喃喃地說：「雖然橘子醋的瓶子和南部鐵瓶，以瓶子關係來說並不是很適合，但大致上都越來越好了。」感到很滿足。

然而，到了冬天，可可卻告訴了我，那些都只是人類愚蠢的虛榮心。

早上醒來，我從臥室走到客廳。躺在沙發上的可可一看到我，就憤怒地大叫：「喵啊啊啊、喵啊啊啊！」我毫無頭緒，就問她：「到底怎麼了？」

可可說：「很冷耶。」語氣聽起來很不高興。

「哦，對啊，冬天會很冷，夏天正好相反，會很熱。一月是冬天，八月是夏天。可是，到了澳大利亞，一月是夏天，八月是冬天，所以很奇妙。」

「我不是在說這個，我是叫你想想辦法，解決寒冷的問題。」

「妳跟我說也沒用啊，寒冷是不可能解決的自然現象⋯⋯」

「你是白痴還是笨蛋？我不是說那個，我是告訴你，是不是差不多該把家裡去年之前都會擺的電暖爐桌拿出來了？」

可可當然不是用日文這麼說，而是用貓語說了大約是這種意思的話。

但是，我基於虛榮心，把房子裝飾成洋風，所以把電暖爐桌扔了。我老實地告訴了可可這件事，可可張大烏黑的眼睛直直盯著我，好像在說：

「喔～喔，以人類來說，我早就超過百歲了。這樣的我在喊冷，你卻以自己的面子為優先，讓我受寒受凍。我知道了，你要以你的虛榮心為優先。」

至此，我才領悟到人類的虛榮心有多沒意義。我跑去附近的廉價商店，買了桌板是刺眼大紅色的電暖爐桌回來，擺在水晶吊燈下面，跟可可一起親密地坐下來，用刀叉吃飯。寫到這裡，要緊急向大家報告關於NANA的事。

改成了奈奈

聽到我那麼說，或許有人會擔心是不是NANA發生了什麼事。不，託大家的福，NANA依然是精力旺盛，才剛想她終於不再凌虐布袋和尚了，就發現她的遊戲換成了破壞放在臥室架子上的耶穌大人。

這個架子是我隨便釘上去的，是絕對不能承載重物的危險架子。光這樣就讓我很擔心了，NANA還跳到架子上攻擊放在上面的十字架，把十字架打下來。我弱弱地拜託她：「不要這麼粗暴。」她說：「少囉唆，吼喵喵。」猛然撲向十字架，劈里啪啦地破壞它。

做這種事的NANA精力旺盛，但就在這時候，我察覺大事不好，是與NANA的名字相關的問題。有一天，看到名叫《貓之手帖》的雜誌刊登了貓的姓名分析，研究了一

下。結果顯示，可可是一隻雖任性但擁有力量、運勢很強的貓，很不錯。源藏是吉凶相半的運勢，幸或不幸端看飼主怎麼做，也就是說我怎麼努力他就可能變成怎麼樣。但NANA卻是命運多舛，不能平安地度過一生，最好改名字。

看到命運多舛，我怎麼樣都會想到只活了十四個月就與世長辭的哈啾。我把NANA當成了哈啾的投胎轉世。我認為，一直為病情所苦的哈啾，這次想開開心心地活著，投胎轉世成NANA，來到了我這裡。讓這樣的NANA再遇上悲慘的命運，也太可憐了。雖然，她現在還開開心心地破壞耶穌大人、布袋和尚，但我還是很煩惱她將來會變得不幸。

是我幫她取了NANA這個名字，最近她也記住了自己的名字，我一叫「NANA」，她就會滴溜溜地轉著眼珠子，邊說「什麼、什麼」邊跑過來。

突然把她改成權之助或愛米莉之類的名字，也太可憐了。

於是，我想到一個狡猾的方法，就是保留NANA這個發音，改使用漢字。

最先想到的是「那那」，但套進公式一算，結果跟NANA同筆畫，命運還是很多舛。這樣改名就沒有意義了，所以我又想改成單一的「七」字，結果命運跟源藏一樣。源藏生性散漫也就算了，但NANA的人生波濤洶湧，吉凶相半的命運多少還是令人擔心。況且，既然要改名，就該改個面面俱到的名字。於是我用「奈奈」這個名字下去計算，結果跟可可同筆畫，會成為任性但運勢很強又擁有力量的貓，這樣就沒什麼問題了。

所以，NANA變成奈奈了，今後也請大家多多指教。才這麼寫完，就覺得這個句子很眼熟，因為我把名字改成現在的名字時，也是在連載的雜誌上直接寫「從這個月起，町田町藏變成町田康了」，沒有做任何說明。

總之，如此這般改了名字的奈奈，擁有的力量越來越強，除了破壞耶穌大人外，又想到了「頭推」的新遊戲。

這是個怎麼樣的遊戲呢？就是不管什麼東西，都用頭去用力推，把東西推到翻倒，讓裡面的東西灑出來。譬如，我把裝著咖啡的馬克杯放在桌上，稍微離開一下，奈奈就玩起了「頭推」的遊戲，當我發現時咖啡已經灑落一地。奈奈露出自鳴得意的眼神，從

高處看著那些咖啡。

最令人困擾的是，她會把頭鑽進裝水的玻璃盆下面，用力地推，把水盆推翻，露出自鳴得意的表情。為了高齡的可可，裡面的水加了價格昂貴的酵素，所以經濟上的損失很大，更糟糕的是可可和源藏都沒水喝。奈奈自己在玩「頭推」的遊戲之前，當然已經喝夠了水。

奈奈玩「頭推」的模樣，就像相撲力士把頭壓在對方的下巴下面，用力往上推，把對方逼到相撲台的邊緣，充滿了力感。我像念台詞般說著：「她的力量會不會太大了？」趴下來擦地板。雖然感覺有點悲哀，但還是希望她繼續這樣精力旺盛地活下去。

在擺滿花的浴室

NANA改名為奈奈，變成跟可可同樣的筆畫，正要更大大地活躍時，可可的身體就出了問題。

那是在四月一日的早上。

上午，我正在工作時，手機響了。幾乎沒有人會在上午，而且是打手機找我。我驚訝地接起電話，打電話來的果然是老婆，她說可可的樣子不太對勁。

在這之前，可可也有過好幾次樣子不太對勁的時候。兩年前的冬天，有一次她病得非常嚴重。

起初是無法進食，整天都坐著，好像很難受，走去上廁所也很困難。我對她說：

「不用走到廁所喔。」她還是勉強撐著想走到廁所，但還沒走到就失禁了，因此黯然神傷。

還不停地咳嗽，咳到氣喘吁吁，看起來很痛苦。

這時候，我和老婆從很多地方買來貓用牛奶和營養補充食品餵她吃，並讓屋內隨時保持較高的溫度，她才逐漸好轉，又恢復了原有的精神。

但她畢竟是二十一歲的貓，不能再跟奈奈或源藏一樣。既沒辦法跳到高的地方，眼睛也不太看得見了。忘記吃飯也是常有的事，老婆好幾次對她說：「吃飯、吃飯。」把碗放到她的鼻子前面，她才會吃。

處於這種狀態的可可，就在冬天已然結束，快要暖和起來的時候，身體狀況又惡化了。

我正好再一小時就可以把工作做完，便跟老婆說一小時後回去，就掛了電話，然後趕快把工作做完，三十分鐘後就回到家了。可可難過地躺在沙發上，之前我們擔心她會冷，幫她穿上的衣服被脫下來，項圈也取下來了。老婆坐在她前面，守候著她。

老婆把詳情告訴了我。早上，老婆起床時，可可就撒嬌似的嗚叫著走過來，讓老婆撫摸她的頭、她的背好一會兒。然後，吃完老婆為她準備的飯，她就鑽進了電暖爐桌底下。

三十分鐘之後，她從電暖爐桌下面走出來，就看到她呼吸急促，背部波動起伏，痛苦地吁吁喘著氣，持續了好一段時間。

但是，呼吸總算穩定下來了，所以，我按著她，老婆用針筒幫她灌入營養劑。

又開始不對勁，是在晚上。

那一天，老婆一直陪在可可身旁。我到了晚上就再回到工作室，辛勤地工作。做到一個段落回到家時，老婆說我走後可可就沒再吃任何東西，連水都沒喝。

動物不吃東西等於死亡。沒有體力吃東西就不吃，體力會更差，漸漸變成沒辦法進食，最後就死了。

哈啾沒辦法自己進食後，我們就餵他吃貓用牛奶，維持他的體力。

我和老婆沒有特別討論過，但都知道自己該做什麼。

我按住可可的身體和前腳，老婆拿著灌滿牛奶的針筒做好準備，把針筒靠向可可的嘴巴。

牛奶很難喝，被強灌也很痛苦，可可激烈抵抗，甩著頭，試圖用前腳拍落針筒。我們安撫她、按住她，想辦法讓她喝下兩支針筒份量的牛奶。可能是很不高興，一灌完，可可就小跑步跑到沙發上躺下來，但那之後就出現了異狀。

可可才剛躺下沒多久，又很快地爬起來，開始痛苦地嘔吐，把剛才喝下去的牛奶都吐出來後，呼吸變得十分急促。

跟早上一樣，背部波動起伏，顯然是心臟不舒服。

老婆說需要氧氣，我馬上衝了出去。

我打算去通宵營業的廉價商店。因為二樓有販賣醫藥用品的專區，去那裡應該可以買到攜帶型氧氣噴霧瓶。

走下一樓，經過門廊到外面時，正在下雨。

我想過要不要先折回屋內，最後還是毅然邁開了步伐。

因為我怕我那麼做，可可說不定會在那段時間內怎麼樣了。我心急如焚。

雨越下越大，走大約十分鐘到商店時，已經淋成了落湯雞。二樓的醫藥用品專區有個高個子、不怎麼親切的白衣老兄，我一開口問，他就把東西拿給我了。

我問他一瓶可以用多久？他說可以持續噴出氧氣五分鐘。

我想這樣應該夠用，買了一瓶就衝到樓下。

雨下得更大了。

一樓有賣帽子的專區。我想什麼帽子都好，買頂來戴，多少可以遮一點雨，便走到帽子專區。

有很多樣式的帽子。剛才想什麼帽子都好，但真要買了，還是想買一頂以後也會戴出去的帽子。

我拿起一頂覺得還可以的，看看價錢，要四千日圓。

雖然覺得還可以，但基本上是買來遮雨用的，為了遮雨花四千日圓也太貴了。

我放回架上，想找比較便宜的，但馬上想到沒時間做這種事了，急忙往外衝。

雨依然下得很大。我把外套披在頭上，「哇」地叫著往前跑。

回到家時，可可還是躺在沙發上，吁吁喘著氣，但沒剛才那麼嚴重了。老婆噴了氧氣後，也不知道她有沒有吸進去，搖頭表示不喜歡。應該是不喜歡那個聲音吧？有精神的時候，她會站起來，走去什麼地方。但現在似乎連那種力氣都沒有，認命似的躺在那裡。

但可能是吸了氧氣的關係，過沒多久，呼吸就恢復正常了。

這時我才去換掉淋溼的衣服，並跟老婆提起看到下雨想買帽子但最後沒買的事，老婆說買傘就行啦。

說得一點都沒錯，入口處應該就有賣很多便宜的傘。

我連這種事都沒想到，一定是急昏頭了。

看看手錶，時間是凌晨兩點多。

我回臥室休息，老婆坐在沙發下面陪可可，直到天亮。

隔天，四月二日，上午八點。昨天用針筒灌入貓用牛奶，害可可呼吸困難，所以，我們擔心再灌她牛奶會發生同樣的事，但她持續絕食，體力很快就會衰退。變成那樣，對動物來說就是走上死亡一途，必須給她最低限度的營養。

我和老婆又合力灌可可牛奶，這件事對她、對我們而言都很痛苦。

可可很聰明，我一抱起她，她就知道要灌牛奶，拳打腳踢，說她不要喝。

我邊說對不起、對不起，邊把她帶到電暖爐桌旁，按住她的手腳。

老婆拿著針筒灌入牛奶，可可把頭左右甩動，說她不要喝，可是，不吞下去會難過，所以拚命地上下動著舌頭，把牛奶吞進去，那模樣太可憐了。

她的舌頭顏色很難看，由此可知狀況有多糟。

但去醫院打點滴，一定會對可可造成更大的壓力，只能這麼做。

不過，灌完牛奶後，可可自己走回沙發。後腳還走得踉踉蹌蹌，看起來很危險，但呼吸沒那麼急促了。

我去工作室前，先與老婆商量餵牛奶的時間。每隔六小時就要餵一次牛奶。

那天下午我有對談的工作，必須出門。對談是從三點開始，我們把下一次餵奶的時間定在下午兩點，說好後就去工作室。

但整顆心都懸在可可身上，根本沒辦法工作。不是到處走來走去，就是彈彈吉他，我想與其這樣，還不如待在家裡陪伴可可，就讓工作告個段落，回家去了。

結束對談回到家，看到兩天都不能自己喝水的可可，自己喝水了。

我想這樣應該沒問題了，但是，看到她瘦了、變小隻了、後腳走起路來搖搖晃晃的樣子，我好難過。

我馬上餵她喝牛奶，看到她的舌頭變成紫色，可能是血液循環不好。

我又覺得傷心、絕望了。

有位住在附近的朋友是料理研究家，替我們送來了春天的料理。昨晚，這位朋友邀我去附近吃晚餐，我說因為這般這般、那般那般，很擔心可可，所以不能去。朋友擔心老婆的身體，就把料理送過來。老實說，這種時候的確沒有心情打理三餐。這份人情沁入我心。

料理十分美味。但可可什麼都不能吃。老婆也不太吃得下。我不但吃了，還覺得很好吃，真是個沒原則的傢伙，我詛咒我自己。

從那天起，老婆為了預防萬一，把臥室裡的床墊搬出來，睡在沙發下面。凌晨兩點又餵了一次牛奶。

隔天，四月三日。上午六點起床，餵可可喝完牛奶後，我就去了工作室。

結束工作回到家，看到可可在室內走來走去，頻繁地喝水。不知道是不是稍微好轉了。

下午我在家工作，邊餵可可喝牛奶。我把電暖爐放在沙發附近，再把以前買給哈啾用的臭氧機擺在可可附近。

打開圓形的桌上型空氣清淨機的電源，就聽到「轟」的低沉聲音，像是產生蒸氣的聲音。

老實說，我很懷疑這種東西有沒有效，但只要稍微有幫助，不管什麼事我都願意嘗試。

老婆查過很多資料後，也訂購了種種貓用的營養補充劑。

包括強化免疫機能的飲料劑、貓用蜂膠、滋補用的高吸收率的特別貓食、貓用機能性離子飲料、提高免疫力的乳酸菌與酵素配合的粉末、負離子和BS酵素等等。

晚上，料理研究家的朋友又來拜訪，送給我櫻花枝、像是中國乾燥火腿的東西、麵、咖哩等等。

把櫻花枝插在花瓶裡，又會被奈奈打翻，我便裝飾在浴室的洗臉台上。

四月四日。可可依然在屋內走來走去。在沙發睡一下，就爬起來走到放桌子的地方，或走向浴室。

我勸她說這樣會消耗體力，不要再走了。但她好像在找什麼東西，也像是在找安身之處，到處走來走去。

後腳走得搖搖晃晃，令人難過。

最後疲憊地走回沙發躺下來時，呼吸變得急促。

我用老婆的枕頭和靠墊疊成樓梯，讓她爬上沙發時不會那麼累。

這天我在新宿的紀伊國屋書店有簽書會，餵她喝過牛奶後，就出門了。收到很多花帶回來。怕奈奈會玩「頭推」把花推倒，或是打花、吃花，就全部擺在浴室裡，頓時浴室的鏡子前面變成了大受歡迎的明星的休息室。

四月六日。我在餵可可牛奶的中間空檔工作，下午去樂團排練，回來後馬上餵可可牛奶，再去工作室工作，這時接到老婆打來的電話，說可可又呼吸困難了。

老婆說氧氣噴霧瓶也用完了，我便匆匆跑去買。回到家時，可可躺在沙發上吁吁喘著氣。最近她會自己喝水、會到處走來走去，還吃了各種營養補充劑，所以，我樂觀地以為她還能再撐一陣子。這麼想的我也太沒擔當了。自己不希望事情越來越糟，就天真地想應該不會有事吧，不肯面對現實。可可看起來很痛苦，但帶她去醫院，很可能嚴重消耗體力，打點滴也只有短暫的效果。

我和老婆各自懷抱沉重的心情，坐在沙發下面，撫摸著可可，不知道該說什麼，只能不停地叫喚「可可、可可」。奈奈跑過來，用粗澀的舌頭舔著我和老婆的腳踝。

四月七日。我們祈禱可可能夠熬過來，但她還是躺在沙發上吁吁喘著氣，依然無法進食。

結束上午的工作回到家，在中午前餵可可喝了牛奶，並用針筒替她灌入了營養補充劑。營養補充劑的種類繁多，老婆似乎對內容一清二楚，我根本不知道什麼是什麼。傍晚後有對談的工作，便和老婆說好，下一次是在四點餵牛奶。

對談結束回到家時，可可沒有更糟也沒更好，依然躺在沙發上，看起來很痛苦。為了餵牛奶，我撐到凌晨兩點，餵完牛奶才去睡。老婆怕深夜會有急遽變化，在沙發旁鋪墊子睡覺。

四月八日。我早上六點起床，在微暗的客廳看報紙。八點要叫醒老婆，但我很捨不得叫醒她。我是晨型人，早起一點都不辛苦，但老婆是個十足的夜型人，平時不可能在這種時間起床。

但我無法獨力餵可可喝牛奶，不得不叫醒她。老婆搖搖晃晃地站起來，去調製牛奶。我非常有精神。

到了晚上，情勢完全逆轉。我是再晚也要在十二點前就寢的人，凌晨兩點時，換我精神不濟地按著可可，老婆非常有精神。

我怕在沙發上餵牛奶，可可會把她現在經常躺著、穩定心神的沙發，當成厭惡的地方記在心裡，所以都會抱起她，把她帶到大經卷桌的下面，在那裡餵她喝牛奶。但是，一抱起來，可可就察覺了，露出像是絕望、又像是憎惡的表情。

我會邊安撫這樣的可可說：「對不起、對不起，一下子就好了。」邊把她帶到經卷桌底下。

我按住她的手腳，老婆把手指插進她的嘴裡，用針筒把牛奶灌入。牛奶的味道不好，又黏黏稠稠的，似乎不太好吞，但可可還是拚命動著舌頭吞下去。

不管灌食過幾次，每次都是令人難過的工作。

而且，從昨天起，又添加了營養補充劑，雖然只是少量，但更增加了可可的痛苦。

好不容易被解放的可可，體力大幅衰減，卻還是像小跑步那樣跑回了沙發上。說「像小跑步那樣」，是因為她做出小跑步的樣子，無奈體力衰減，幾乎沒辦法加快速度。

看得我好心疼。

沙發有高度，我們用枕頭做成階梯，讓她不必跳那麼高。再補上靠墊，減緩坡度。

但是，不知道是不是營養補充劑起了作用，這一天，可可的狀況看起來還不錯。腳步比較穩定，在屋內走來走去，還聞了聞吃飯用的碗，只是沒吃。

一整天，可可都在浴室與客廳之間來來去去。但是，到了晚上，就窩在浴室不出來。

洗臉台上裝飾著我從簽名會帶回來的花，她跳到那上面發呆，也不知道她為什麼會選擇那裡。但大理石的洗臉台是冰冷的，到了晚上氣溫又會下降許多，所以我勸她：

「不要待在這種地方，去對面沙發那邊吧。」但她說她想待在那裡，不肯走開。

我拿她沒轍，只好搬張椅子來，讓她方便上上下下，並且把電暖爐拿來。浴室只有三個榻榻米大，適用於十二個榻榻米的電暖爐，把浴室吹得暖烘烘。這麼溫暖就不用擔心了。

我又搬來臭氧產生機，打開了電源。

響起「轟」的低音。裝飾的花朵、暖烘烘的感覺、轟轟作響的低音，讓我想起三年前因肺炎住院的病房。

那次復元後，才聽醫生說當時的情況很可能病危，我卻想都沒想過那種事。

我難過地叫喚著「可可、可可」，可是，這麼做有什麼用呢？可可並沒有因為我的叫喚而舒服一點。

但我還是不由自主地叫喚著她，因為我心神不寧。

在塞滿花朵的浴室，我持續叫喚著「可可、可可」。

好輕

四月九日。每次我洗手、洗臉，待在洗臉台上的可可就盯著水流看。

我想她會不會是想喝水，就把兩個洗臉盆都裝滿了水。可可只把鼻子湊過來聞一聞，沒有喝水。

但是，這一天，可可看起來比較有精神了。

她在浴室與客廳之間頻繁地來來去去，上下沙發、洗臉台好幾次，動作一點都不吃力。

看起來像是脫離危險期了。但只是「看起來」而已。

四月十日。八點左右，我餵完牛奶就去了工作室，十一點回來再餵她時，她又開始呼吸困難。

似乎連喝牛奶的力氣都沒有了。

沒辦法，我們放棄牛奶，只餵她葡萄糖。

老婆喃喃說道：「恐怕快不行了。」這是之前也想過，但從來沒有說出口的一句話。我也說可能不行了。說出口才愕然驚覺，這句話有多麼沉重。

可可喝完後，即使步伐踉蹌，還是離開客廳，走向浴室。我和老婆異口同聲對她說：「不要去了，可可，待在這裡就行了。」但她還是走向了浴室。一到那裡，就趴在地上。

在浴室的地上趴了一會兒後，又站起來，走到蓮蓬頭的下面趴下來，把肚子貼在地板上。

上午我做過淋浴，地板是濕的。我急忙把可可抱起來，但她的肚子已經溼了。我怕她會冷，用毛巾幫她擦乾，把毛巾鋪在地上，再把她放在毛巾上，但她又要走進淋浴間。

我很想讓她做想做的事，又怕她會弄得全身溼答答，只好把淋浴間的門關起來，不讓她進去。

可可似乎放棄了，在毛巾上面趴下來。

回想起來，聰明的可可處理任何事都非常果斷。

源藏來了以後，強行侵入她最喜歡的貓用籃子時，起初她憤怒地對源藏大叫：「不要這樣！」後來看源藏不肯走開，就一臉「沒辦法」的樣子，慢慢走出了籃子。

儘管不情願，但她也不是特別生氣，坦然面對這件事，處之泰然。

看到可可這樣的態度，我覺得貓比自稱萬物之靈的人類還要偉大。

她走向水盆，把臉湊近水盆，露出疑惑的表情。

可能是記憶裡留下了什麼，所以她走到水盆那裡，但並沒有跟「喝水」這件事連結在一起。那張疑惑的臉，看起來好可憐。

四月十一日。可可的狀況沒有起色。不能餵牛奶，只能餵葡萄糖。明知道沒救了，

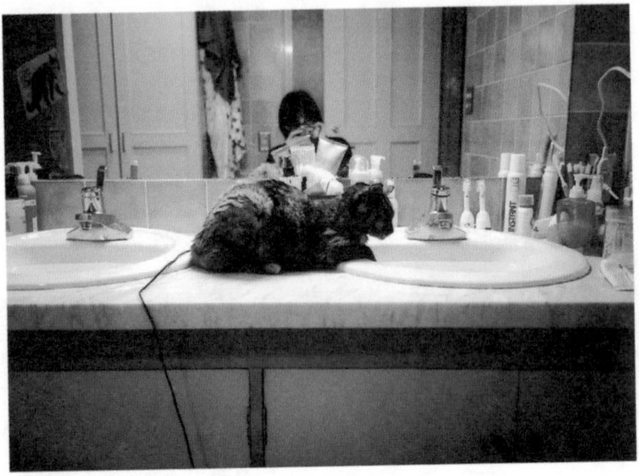

還要按住可可，用針筒把養分灌進她體內，是很痛苦的一件事。

下午，我在神田三省堂總店辦簽書會，來的人當中很多都在網路日記看到可可的事，替她擔憂。

還有人為可可帶來神聖的灰。除非奇蹟發生，否則她不可能復元了。

簽書會結束後，講談社和文藝春秋的人來休息室。

離開前，我稍微提起了可可的事，他們都很替她擔心。

回到家，餵可可葡萄糖，她還是輕得像紙張。

因為都在矮桌上調製牛奶，溶解後灑出來的牛奶，乾掉後就白白地凝結在桌上，周圍還有散亂的小盤子、針筒，又因為老婆睡在客廳，把百葉窗關了起來，屋內有點昏暗，看起來就像吸食麻藥的慣犯的家。

到了晚上，可可就窩在浴室裡不出來。

有時她會想移動位置，但後腳沒有力氣，一站起來就又趴下去。我陪她待在浴室，直到凌晨三點。

四月十二日。餵可可喝完葡萄糖，我就去工作室寫稿子。可可的狀態那麼淒慘，我卻一寫稿子就陷入那個世界裡，一定會寫到一個段落。這樣的我究竟是怎麼樣的人呢？哈啾死的時候我非常後悔，因為只活了十四個月的哈啾，一直表現出很想跟我玩的樣子，我卻以工作為優先，沒怎麼陪他玩，所以那時候我曾想，早知道他會死得這麼早，就該放下工作，多陪他玩。

現在可可奄奄一息、痛苦不堪，我卻埋頭工作，沉浸在那個世界裡。

我依然以自己、以自己周邊的事為優先。

不管嘴巴說得多麼冠冕堂皇，這麼做就是不行。更何況，我連冠冕堂皇的話都不說，只詳細敘述大多數的渺小人物會做的渺小行為，這樣更糟糕。想到這裡，我把工作做到一個程度，就回家去了。

這天，可可沒有待在同一個地方。一下子待在沙發上，一下子又鑽進衣櫃裡，或是去浴室，到處走來走去。

然而，這樣的她並沒有絲毫的精神，後腳虛弱無力，幾乎是拖行前進。是怎麼樣的

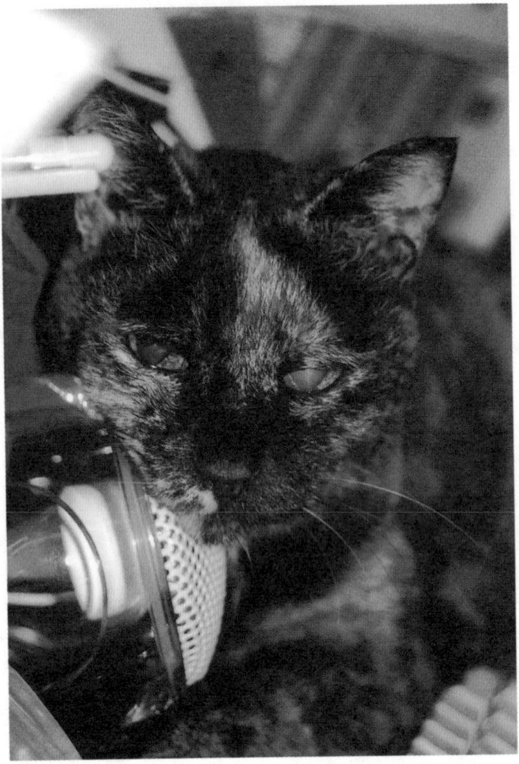

心情讓她這麼做，我不知道，但看著她顫顫簌簌地在屋內走來走去，我難過得不知如何是好、傷心得不知如何是好。

當她呼吸困難時，我用氧氣瓶給她氧氣，她就會舒服一點。這天，我也給了她好幾次氧氣，下午就用光了，我便又出去買。

經常去買的那家店沒有庫存，去了其他藥局，在店裡猶豫了很久，不知道該買幾瓶。

一瓶可以用好幾天。

以目前的狀況來看，她應該撐不了多久了。但是，我不敢想像她不再需要氧氣的時候。

這麼東想西想時，店員拿給我的是比我以前買的大三倍的大氧氣瓶，我先買了一瓶，拎著回家。

感覺筋疲力盡。

可可就那樣走來走去，走了一整天，傍晚後才窩在浴室不出來。

而且，這次不是待在洗臉台上，而是躺在馬桶的水箱下面。呼吸變得非常困難，側腹部不停地波動起伏。

「可可、可可。」我邊呼喚她邊看著她。可能是不舒服，她一次又一次改變姿勢，但體力衰退，連那個動作做起來也很吃力。有一、兩次她想站起來，都因為後腳使不上力，才爬起來就又趴了下去。

真的好可憐。

這裡的瓷磚冰冷，又沒有人，我想把她帶去沙發那邊，但怕這麼做會害她又辛辛苦苦地爬回來這裡，只能把她留在那裡，不時來看看她的情形。

在這麼做之間，吃完晚餐就不小心睡著了，醒來時已經是隔天的十三日凌晨一點。去看可可時，一度以為她的側腹部沒在動，趕緊湊過臉仔細看，才看到側腹部微微動著。

我心想太好了，還活著。

凌晨兩點，我和老婆合力餵她吃葡萄糖時，她忽然呼吸急促，過了一會兒就不動了。

我和老婆抱起可可，把她放在她最喜歡的豹紋床裡，再把床搬到她最喜歡的電暖爐桌的上面。

在這之間，老婆不停地對可可說話。

奈奈和源藏輪流來看動也不動的可可。

這天是可可的第二十二次生日。

老婆和可可一起度過了二十二年，我和可可一起度過了十八年。

我和老婆都無法相信可可已經不動了。

唯獨可可接納了這個事實。

可可的喪禮

我和老婆在可可身旁待到早晨。天一亮，我就打電話給葬儀社，在電話裡有段簡短的交談。要回答「名字是？」「幾歲？」「是雌貓嗎？」「體重多少？」等詢問，是很痛苦的一件事。

但我仍然努力回答了問題，最後決定在下午四點舉辦喪禮。這天，我從一點到五點要去樂團排練，再怎麼趕也要五點半才能回到家。

可是，我無論如何都想參加可可的喪禮。

我決定告訴團員們原委，請他們讓我早點回家。稍微睡幾個小時後，我就去了錄音室。

唱歌時，怎麼樣都沒辦法不惦記時間，老是看著手錶，三點十五分左右便離開了錄

音室。

之後直接奔向家裡，不料這天的路況偏偏特別壅塞，幾乎無法前進。比平時花更長的時間，四點多到家時，可可已經放進小小的棺材裡。

接著要前往火葬場。

棺材放進鍋爐後，電動門緩緩關上了，感覺那裡和這裡完全被隔開了。可可獨自待在漆黑、狹窄的地方，而我們待在天還亮著的地方。我不禁想可可會不會害怕、會不會寂寞呢。

大約一個小時後，可可已經變成骨頭躺在銀色的淺盤上。

我和老婆一起撿起所有的骨頭，由老婆抱著回家。

我們在可可經常睡覺的電暖爐桌上鋪了布，把可可放在桌上，再放上可可健健康康時的照片，供上花和水。

源藏和奈奈聚過來，用頭磨蹭骨灰罈。

這樣磨蹭著磨蹭著，源藏和奈奈就打了起來，在屋內跑來跑去。奈奈跑到電暖爐桌上，布一滑動，照片倒了，水也灑了。

我心想，看你們幹的好事，但又想說不定是可可的靈魂就在屋內，源藏和奈奈不認為可可已經不在了。

可是，被弄成那樣，可可還是很可憐，所以，我用膠帶固定布的四個角，這樣布就不會滑動了。

之後，覺得很多地方少了可可都很奇怪。

譬如沙發上、書桌上。每次洗完澡，穿著浴衣坐下來，可可一定會爬到我肚子上。她很重，夏天又悶熱，我每次都會想，快點下去啦。而今，洗完澡出來，再也沒有誰會來坐在我肚子上了。

我會一時搞不清楚怎麼回事，心想：「咦？可可呢？」然後難過得無法自已。

老婆說想到可可已經死了，就覺得自己也死了。

我還沒死過，不知道「覺得自己也死了」是什麼感覺，但她就是說覺得自己也死了。

工作的夥伴和朋友，聽說了可可的事，都送來了花和卡片。

他們都說貓能活到二十二歲是長壽，很高興可可可以活這麼久。

我希望她可以活得更久，但那是我的依戀，可可已經盡她所能努力活過了。

今天，太陽依然照進屋內，我依然收到報紙、依然去工作。可可不在了，日子卻還是跟可可在的時候一樣持續運行。

這件事更令我悲哀、難過，我很想把這種難以忍受的心情用歌唱出來，然而，試過好幾次，至今都還唱不出來。

悲戚的情感盤據在心裡的日子延續著。

或許，我根本不想把可可的事寫成歌唱出來。因為我怕唱出來之後，就會有某種程度的解脫。正這麼想時，伸長身子躺在我腳下睡覺的奈奈，忽然爬起來舔我的腳踝。

我決心不要寫歌了，彎下腰來撫摸奈奈的頭。

奈奈難得細瞇起眼睛，咕嚕咕嚕地鳴叫起來。

後記

以前我不太喜歡貓，一起生活後，完全愛上了貓。

身旁總是有可可、源藏陪伴。當我為毫不值得的事傷心或憤怒時，他們都會以智慧成熟的方式，讓我知道人生有更重要的事。

繼哈啾之後，可可也走了，因此讓我開始思考，就像這樣，總有分別的一天，所以必須盡我所能做到現在能做的事。對於源藏和奈奈，我希望可以帶給他們最快樂的生活。在工作上，偶爾有倦怠感時，我也會開始想要盡力而為，以免日後懊悔。雖然我天生是利己、不圓融的個性，或許不能做得很徹底，但也開始想誠實、親切地對待他人。

早知道就多陪他們玩。除此之外，也還有很多應該可以再多為他們做些什麼的悔恨。

聽說養貓、養狗的人越來越多了。

跟貓、狗玩的確很快樂，但既然是生物，就有分別的一天。這件事叫人憂傷，看著他們在臨死前痛苦掙扎，更叫人心如刀割。然而，跟他人一起生活，不只是快樂的時光，也要一起度過像這樣的悲傷時光、痛苦時光，不該因為看著他們痛苦會難過，就輕易讓他們安樂死。

聽說有人沒什麼大不了的理由，就把貓狗帶去保健所處決，實在太荒唐了。

或許是我記錯了也說不定，我記得在歷史課講到佛教時，是教我們在佛祖面前，萬物都是平等的。但這並不是像法律之前人人平等那樣，意味著所有人都平等地擁有權利，而是意味著人類自以為是萬物之靈，即便同樣是人類，也會認為自己擁有權利、擁有才能，所以比他人優越。其實根本沒那種事，在佛祖面前所有人都是同等程度的卑微，不該自以為是，必須糾正那樣的行為。

也就是說，在佛祖眼中，人類就跟雉雞、蜻蜓、蝴蝶差不多，當然也是類似貓的存在。

但是，我不那麼想。

很抱歉，向佛祖提出異議，但無論如何我都認為貓遠比人類優秀，是接近神的存在。

成為人類自私自利的欲望的犧牲品的弱勢、嬌小的生物的眼神，是否是在考驗我們的眼神呢？

對不起，越寫越灰暗。在我彙整這本書時，與可可生活了二十二年、與我生活了十七年的町田敦子，以及講談社文藝圖書第二出版部的森山悅子小姐，都給了我許多協助，非常感謝，感激不盡。還有很多事沒提及，譬如還是小貓的可可，曾在下雪的日子跑出去，被埋在雪裡進退不得，以及她喜歡炸雞塊之類的事。我的每一天，都活在這些回憶裡。

二〇〇四年秋　町田康

非虛構025

都是為了貓

猫にかまけて

作者　町田 康
譯者　涂愫芸

出版者　愛米粒出版有限公司
地址　台北市10445中山北路二段26巷2號2樓
編輯部專線　(02) 25622159
傳真　(02) 25818761
【如果您對本書或本出版公司有任何意見，歡迎來電】

總編輯　莊靜君
主編　林淑卿
企劃　葉怡姍
校對　金文蕙、黃薇霓
美術編輯　張蘊方
印刷　上好印刷股份有限公司
電話　(04) 23150280
初版　二〇一六年（民105）十月十日
定價　320元
總經銷　知己圖書股份有限公司　郵政劃撥：15060393
(台北公司) 台北市106辛亥路一段30號9樓
電話：(02) 23672044 / 23672047　傳真：(02) 23635741
(台中公司) 台中市407工業30路1號
電話：(04) 23595819　傳真：(04) 23595493
法律顧問　陳思成 律師
國際書碼　978-986-93468-2-5　CIP：861.67 / 105015399

愛米粒出版有限公司
Emily Publishing Company, Ltd.

因為閱讀，我們放膽作夢，恣意飛翔—
成立於2012年8月15日。不設限地引進世界各國的作品，分為「虛構」、「非虛構」、「輕虛構」和「小米粒」系列。在看書成了非必要奢侈品，文學小說式微的年代，愛米粒堅持出版好看的故事，讓世界多一點想像力，多一點希望。來自美國、英國、加拿大、澳洲、法國、義大利、墨西哥和日本等國家虛構與非虛構故事，陸續登場。

愛米粒出版
Emily

廣　告　回　信
台北郵局登記證
台北廣字第04474號

平　信

To：愛米粒出版有限公司　收

地址：台北市10445中山區中山北路二段26巷2號2樓

＊請沿虛線剪下，對摺裝訂寄回，謝謝！

當讀者碰上愛米粒

姓名：＿＿＿＿＿＿＿＿ □男 / □女：＿＿＿ 歲

職業 / 學校名稱：＿＿＿＿＿＿＿＿＿＿

地址：＿＿＿＿＿＿＿＿＿＿

E-Mail：＿＿＿＿＿＿＿＿＿＿

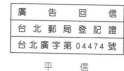

請沿虛線剪下，對摺裝訂寄回，謝謝！

- 書名：都是為了貓
- 這本書是在哪裡買的？

a.實體書店 b.網路書店 c.量販店 d.__________

- 是如何知道或發現這本書的？

a.實體書店 b.網路書店 c.愛米粒臉書 d.朋友推薦 e.__________

- 為什麼會被這本書給吸引？

a.書名 b.作者 c.主題 d.封面設計 e.文案 f.書評 g.__________

- 對這本書有什麼感想？有什麼話要給作者或是給愛米粒？

※ 只要填寫回函卡並寄回，就有機會獲得神祕小禮物！

讀者只要留下正確的姓名、E-mail和聯絡地址，
並寄回愛米粒出版社，即可獲得晨星網路書店$30元的購書優惠券。
購書優惠券將mail至您的電子信箱（未填寫完整者恕無贈送！）

得獎名單將公布在愛米粒Emily粉絲頁面，敬請密切注意！
愛米粒Emily: https://www.facebook.com/emilypublishing

愛米粒出版有限公司
Emily Publishing Company, Ltd.